モンスターと食卓を 2

椹野道流

角川文庫
22383

目次

Dining with a monster 2
Michiru Fushino

モンスターと食卓を

CHARACTERS

シリカ

突然有の前に現れた、美しい青年。陶子と関係があるらしいが……。

杉《すぎ》石《いし》有《なお》

法医学者。ある患者を救えなかったトラウマを抱え、心を閉ざしている。

イラスト／青山十三

中《なか》野《の》信《しん》吾《ご》

臨床検査技師。人懐っこくて好奇心旺盛。有との距離を縮めたいと思っている。

日《ひ》長《なが》和《かず》也《や》

ラグビーで鍛えた刑事。有のトラウマとなった出来事を知っている。

天《てん》河《かわ》陶《とう》子《こ》

有の勤める医大で教授を務めていた。有を苦しみから救ってくれた恩師。

プロローグ

灰色のリノリウム張りの長い廊下を、てくてくと歩いていく少年の後ろ姿。

他の子供たちがランドセルを背負い、友達と騒いだりじゃれたりしながらエントランスホールへ向かうのに、その少年だけは、ひとりぼっちで建物の二階へと向かう。

少年が足を止めたのは、淡いペパーミントグリーンのペンキで塗られた、木製の引き戸の前だった。

彼が見上げた視線の先にあるのは、「職員室」と黒々と書かれた白いボードだ。

（これは……夢だな。今夜は、僕が通っていた小学校か。この奇妙な色の扉、見覚えがある。何故、こんな色に塗ったんだろう）

杉石《すぎいし》有《なお》は、少し後方から、こざっぱりと刈り上げられた少年の襟足を眺めて首を傾げた。

（やはり、これは当時の僕なんだろうな。自分の後ろ姿など、およそ見る機会がなかったから自信はないが）

首を傾げたといっても、それはあくまでも夢の世界でのことだ。夢を見ている本人は、ベッドにじっと横たわったまま、おそらくはびくとも動いていないのではなかろうか。

そもそも、夢を見ている最中、自分が夢の世界にいることを本人が自覚しているというのも、なかなかに不思議な現象かもしれない。

だが、有にとってそれは、あまりに当たり前のことなのだ。

彼はしょっちゅう、昔の日々を夢に見て、こうして過去の、さまざまな年代の自分と邂逅《かいこう》する。

といっても、夢の中の人々を見ているだけで、決して夢の中の登場人物たちに触れたり、コンタクトを取ったりすることはできない。

夢の中では、有は透明人間か幽霊のような存在で、他の人たちには気配すら感知されないからだ。

少なくとも、これまではずっとそうだった。

有は試しに、少年の横へ行き、緊張に強張《こわば》った顔を間近で覗《のぞ》き込んでみた。

やはり、少年の視線はまっすぐ目の前の扉に向けられたままで、有の存在に気付く気配はない。

今夜の夢も、いつもと同じパターンのようだ。

（これは確かに僕だ。ああ、思い出した。たぶん四年生の頃、担任の先生から放課後に職員室に来るように言われたんだ。そこで……いったい何があったんだったか）

有の目の前で、少年は緊張した様子で小さな肩を何度か上下させ、大きな深呼吸をひとつしてから、引き戸に手をかけた。

「し……失礼、します」

引き戸を開け、職員室の中に半歩だけ入った少年は、蚊の鳴くような声でそう言ってペコリとお辞儀をする。

有は、まるで守護霊のように、過去の自分と並んで立ち、当時より高い位置から、共に周囲を見回してみた。

だだっ広い職員室には、学年ごと、部署ごとにまとめて事務机が島状に配置され、教師たちがまだまだ忙《せわ》しく動き回っている。

子供たちが下校してからが、彼らがデスクワークや翌日の準備などにいそしめる大切な時間なのだろう。あまりにも静かに入ってきた有少年に目を留めたのは、出入り口に近い場所にいる数人だけだった。

「おう、誰だ。どうした？」

ジャージ姿の大柄な男性教諭に声をかけられ、少年の緊張は一瞬にして極限に達したようだ。頭のてっぺんから金串《かなぐし》で貫かれたように全身を硬直させて答える。

「よ、四年、三組の……」

「聞こえねえよ。男なら、もっとでかい声出せ」

男性教諭にしてみれば、特段叱っているつもりはなく、おそらくもとから声が大きいだけなのだろう。

大人になった有にはその程度の洞察力は備わっているが、目の前の有少年は、恫喝《どうかつ》されたように感じたのか、ますます竦《すく》み上がった。

「よ……よね……」

ただでさえ小さな声が震えを帯びて、さっきよりなお聞こえにくくなっている。

「聞こえねえっつってんだろが。わかんない奴だな」

苛《いら》ついた様子で男性教諭が座っていた椅子から腰を浮かしかけたそのとき、離れた場所から、助け船が出た。

「あら、杉石君！　ごめんなさい、気付かなかった。こっちへ来て」

見れば、クラス担任の女性教諭が、自分の席から立ち上がって手を振ってくれている。

「なんだ、大谷《おおたに》先生のクラスの子か。先生が優しいからって、甘えてんじゃないぞ。男ならもっと腹の底から声出せ。なっ？」

男性教諭はやれやれといった様子で椅子に座り直し、心底ホッとした有は、彼にペコリと頭を下げて、小走りに担任の下へ向かった。

「ごめんね、呼び出しちゃって。お友達と約束はなかった？」

やわらかな口調で問いかけつつ、担任……大谷先生は、少年の顔を透かすように見た。

（そうだ。大谷先生。そんな名前だったな。朗らかで優しくて、クラスのみんなから慕われていた）

懐かしい人物との「再会」に、有は目を細めた。

当時、まだ教師になって二年目だった大谷先生は、若々しく快活で、今思えば心遣いの細やかな人だった。

あまりに内気で無口、しかも感情の起伏に乏しいため、クラスメートの苛《いじ》めの対象にすらならず、空気扱いされてしまう有にも、よく笑顔で声をかけてくれた。

今も、有少年は酷《ひど》くはにかんで俯《うつむ》き、無言で首を横に振っただけだったが、大谷先生は気を悪くした様子もなく、「そう、じゃあよかった」と明るく応じた。

（先生が気にかけてくださるのが嬉《うれ》しかったのに、僕はいつもこんな失礼な態度だったな。僕の喜びも、感謝の気持ちも、先生にはきっと伝わらなかっただろう。そして、一緒に帰る約束をするような「友達」がひとりもいなかったことも、先生はご存じなかっただろうな）

　大人になった有は、子供時代の自分の姿を目の当たりにして、苦々しい思いを嚙《か》みしめた。

　さっきの男性教諭ではないが、「せめてもう少しくらい、はっきりと意思表示できるようになったほうがいいぞ」と過去の自分自身に忠告したい気持ちがこみ上げる。

　むろん、そんなことは「不可視の傍観者」である有には不可能なので、実際は、ただやきもきしながら見守ることしかできないのだが。

（何故、大谷先生に呼ばれたんだったかな）

　夢の中の有と同様、居心地悪そうに突っ立っている有少年に向かって、大谷先生はこう言った。

「実はね、県の文集のことなのよ」

話がさっぱり飲み込めず、少年は首を傾げる。

どこか言いにくそうに、大谷先生は数秒口ごもってから、視線を職員室の入り口近くに向けた。

「ほら、県内の小学校からよく書けた作文を集めて、毎年一冊、文集を作るのを知ってるでしょう？　夏休み前にみんなに配られる、あれよ」

少年は、こっくりと頷《うなず》く。それと自分に何の関係があるのか、さっぱりわからないといった顔つきだ。

それに構わず、大谷先生はひと息にこう告げた。

「この前、授業でみんなに書いてもらった『運動会の思い出』の中で、杉石君が書いた作文がいちばんよかったから、その文集に載せたらどうかって、先生、昨日、職員会議で推薦してみたの」

「！」

思いもよらない話に、有少年は切れ長の目をパチパチさせて絶句する。

少年のすぐ背後にいる有もまた、過去の記憶に驚かされていた。

（言われてみれば、そんなことがあったような……。いや、しかし、実際に僕の作文が文集に掲載された事実はなかった気がする。もし本当に載ったのなら、子供時代、唯一

の名誉な出来事になったはずだ。こんな風に忘れたりはしなかっただろう）

「ほんと、ですか？」

　誰かに褒められるどころか、注目されることすら滅多になかった有少年は、驚きつつも、喜びと誇らしさに大人しそうな顔を控えめに輝かせる。

　しかし、それとは対照的に、大谷先生は、少し申し訳なさそうにこう続けた。

「あの、まだあなたの作文が選ばれるかどうか決まってはいないのよ。ただね、作文をお読みになった教頭先生が、これを書いた生徒を呼びなさいと仰《おっしゃ》って」

　少年はビックリして、軽くのけぞる。

「教頭、先生、が？」

「そうなの。これから、先生と一緒に教頭先生のお話を聞きにいきましょう」

予想外の話の流れに、有少年の顔が再び緊張で青ざめていく。

「どうして？」

　もはや囁《ささや》きにも似た有少年の問いかけに、大谷先生は努めて明るい口調で答えた。

「さあ、先生にもわからないわ。でも、とってもいい作文だもの。万が一、文集に採用してもらえないんだとしても、きっと褒めてくださるわよ。ね、行きましょう。心配しないで」

「う……」

戸惑って脚が上手《うま》く動かない有少年の背中を抱くようにして、大谷先生は教頭室のほうへと歩き出す。

先生は決して大柄な人ではなかったはずなので、小学生時代の自分はずいぶん小柄だったのだな、と今さらながらに驚きつつ、有は首を傾げた。

（教頭先生に、何を言われたんだろう。よく覚えていない。この学校を代表して応募するには、できが悪い……とでも言われたんだっただろうか）

まだ十歳になるかならないかという頃の出来事だ。覚えていなくても不思議はないが、そのせいで、少年時代の自分と同じくらい、見守る大人の自分もドギマギしてしまって、有は苦笑いした。

大谷先生は、「大丈夫よ」を幾度か繰り返しつつ、自分もいささか緊張するのか、教頭室の扉の前でセーターの裾《すそ》を引っ張って居住まいを正し、胸元を大袈裟《おおげさ》にさすってみせた。

大人の有もまた、部外者であるにもかかわらずいささかピリピリした心持ちで、そんな二人と共にこっそり教頭室へと入り込む。

教頭室は、思いのほか狭く、質素な設《しつら》えだった。

室内にあるのは、職員室にあるのと同じ実用本位の事務机と椅子、スチールの様々なサイズの棚、それに安っぽい合板のテーブルと折りたたみ椅子と、小さめのテレビ。その程度だ。

おそらく、来客の相手は校長室か応接室で行うのだろうから、その程度の設備で事足りるのだろう。

　大谷先生と、彼女の横に青い顔で立つ有少年を認めると、教頭は机に向かって座ったまま、横柄に手招きした。

　明らかに緊張している有少年に対して、「こんにちは」も「よく来たね」もなく、それどころか、あからさまに面倒臭そうな顔をしている。

　当時は、教頭先生といえば年寄りというイメージだったが、こうして改めて顔を見ると、せいぜい四十代後半から五十代前半といったところだろうか。

　やや前頭部で寂しくなった頭髪と、くたびれたワイシャツに地味な色のカーディガンという多少年寄り臭い服装が、実年齢より老けたイメージを子供時代の有に与えたのかもしれない。

　毎週、全校朝礼で見る顔とはいえ、こうして間近で会うのは初めてだ。有少年はカチンコチンになって教頭の机の前に立った。

　無論、挨拶《あいさつ》をする余裕など、どこにもない。まさに、文字どおりの棒立ちである。

　それをフォローするように、大谷先生は、ぎこちない笑顔で口を開いた。

「教頭先生からお言葉をいただけるということで、来てもらいました。あの素敵な作文を書いた、杉石有君です」

　そう言うと、大谷先生は、両手で有少年の肩をつかみ、ぐっと前へ押し出した。

少年はものを言うことができず、ただゼンマイ仕掛けのロボットのように、ぎこちなく頭を下げる。

教頭は目礼すら返さず、引き出しから原稿用紙の束を取り出して、机の上に投げるように置いた。

「あ」

少年の口から、小さな声が漏れる。

自分が誰からも見えないという安心感から、堂々と机の脇に回り、原稿用紙を見た有もまた、「あ」と、この場の誰の耳にも聞こえない声を上げた。

原稿用紙のマスの中にちまちまと並んだ、決して達筆ではない筆跡にも、「大玉転がし」という表題にも、見覚えがある。

(ああ、確かに、そんなタイトルで作文を書いた気がする。この頃から、あまり字は上達していないようだ)

自分の不器用な書き文字に、懐かしさともどかしさが入り交じった複雑な感情がこみ上げる。有は、我知らず微苦笑を浮かべ、机の上に置かれた、過去の自分の作文を読んでみようとした。

ところが教頭は、有の視線を遮るように、原稿用紙を手のひらで軽く叩《たた》いた。

「大谷先生が、君が書いたこの作文を、県の教育委員会が編集する文集に掲載しちゃどうかと、推薦してこられたんだけどね……ええと、杉本《すぎもと》君」

「杉石君です」

慌てて大谷先生が訂正したが、教頭はどうでもよさそうに首を振り、突っ立ったままの有少年の顔をチラと見ただけだった。

「確かに、よく書けている。表現力があるというのかなあ。状況を描写する言葉をたくさん知っていることがよくわかる。起承転結もハッキリしている」

予想外の褒め言葉に、紙のように白くなっていた有少年の頬に、さっと赤みが差した。

大谷先生も、少年の隣で、「そうなんです！　杉石君の作文、語彙《ごい》力が凄《すご》くて！　子供離れした作文だと、驚かされました」と、声を弾ませた。

しかし、教頭はムスッとした顔のまま、「そこだよ」と苦々しげに言った。

「えっ？」

「僕の印象では、この作文はとても小賢《こざか》しいね」

教頭はハッキリとそう言って、拾い上げた原稿用紙の束をヒラヒラと振ってみせた。

少年の肩を抱いたままの大谷先生の手に、ギュッと力がこもる。少年はただ、口を薄く開けて、呆然《ぼうぜん》と教頭の厳《いか》めしい顔を見上げるばかりだ。

そして……傍観者の有は、記憶領域の深い闇に沈められていた苦い記憶を、徐々に呼び覚まされつつあった。

「教頭先生、そんな言い方は、さすがに。せめて、大人っぽいとか、そういう」

少年を庇《かば》って大谷先生は抗議しようとしたが、教頭はそれを遮って言い放った。

「大人っぽい、ではないよ。大人を見くびっているんだ、この子は。さぞ読書家なんだろう。そこは褒めてあげてもいい。でもね、難しい言葉をたくさん知っていることを鼻にかけて、こんな風に書けば大人は褒めてくれるだろう……そういう子供の底の浅い小賢しさが、この作文からはぷんぷん臭うんだ。可愛げや素直さがまったくない」

「そんな……」

「ほら、このあたり。『大玉を手から手へと、僕たちは丁寧に繋《つな》いでいく。そのたびに、ひとりひとりの思いが、大きな玉に込められていく。頭上を渡る大玉は、もう、ただの玉ではない。僕たちの、勝ちたい、みんなで力を合わせて最後までやりとげたいという熱意そのものだ』……まったく、どうだね、これは」

教頭がいきなり自分の作文を抜粋して音読したので、少年は恥ずかしさに真っ赤になった。大谷先生は、真面目な顔で幾度も頷《うなず》きながらそれを聞き、熱っぽくこう言った。

「そこ、私はとても素晴らしい描写だと思います」

すると教頭は、有少年と大谷先生をまとめて小馬鹿にするように、鼻を鳴らした。

「大谷先生はまだ若いから、こういうのにコロッと騙《だま》されるんだ。僕は違うよ。これまで何十年も、たくさん子供たちを見てきた。その中には、君みたいな、大人の顔色をうかがって、上手く取り入ってやろうという子供も何人もいた。いいかい、君は少しばかり他の子より賢いだけだ。そして、そんな子供はいくらでもいるんだ。これは、君のためにハッキリ言うんだよ」

教頭は作文を有少年のほうへ押しやり、俯《うつむ》いて目を合わせようとしない彼の顔を、座ったまま上半身を捻《ひね》るようにして、下から覗《のぞ》き込んだ。

「大人を甘く見るんじゃない。こんな空々しい、陳腐な言葉を並べた作文で、我々をだませると思ったら大間違いだ。大いに反省しなさい。どうせ、一事が万事そんな感じなんだろう。いいかい、賢さをひけらかすのはやめて、もっと子供らしく、謙虚でいるように。わかったね？」

（何をわかれと言うんだ、この男は。子供相手なんだぞ。もう少し、言い方というものがあるだろうに）

　有はあまりにも理不尽な言われように腹を立て、教頭の陰鬱《いんうつ》な顔を思わず睨《にら》みつけた。

「教頭先生、それじゃあんまり杉石君が可哀想では」

「本当にこの子が可哀想だと思うなら、きちんと指導してやりなさい。心得違いを理解させて、ふるまいを正すのは、早ければ早いほうがいいんだからね。そうだろう」

「それは……はい。でも」

「この子が増長したのは、君の目が節穴だからだよ、大谷先生。君も反省しなさい。話は以上だ。推薦するなら、もっと子供らしい作文にしなさい」

　大谷先生も、困惑と憤りと羞恥《しゅうち》に顔を赤くしたり青くしたりしているが、上司である教頭に強く抗議することはできずにいるようだ。

　結局、作文を突き返された有少年は、一言も発することなく、こちらも大いに気落ちし、動揺した担任に肩を抱かれ、教頭室を辞した。

傍観者である有もまた、どうせ目に見えない存在なのなら、この教頭に何らかの仕返しをしてやれないものか……と大人げなく思ったが、どうにか思いとどまり、退室した二人を追いかけることにした。

さすがに良心が咎《とが》めて、そのまま「残念だったわね」と少年を帰すことはしかねたのだろう。大谷先生は好奇の目を向けてくる同僚たちから自分の身体で有少年を匿《かくま》いつつ、職員室から廊下へと連れ出した。

児童たちはみな帰り、薄暗い廊下にもはや人影はない。

大谷先生は有少年と向かい合うと、スカートの上から自分の膝《ひざ》に手を当て、身を屈《かが》めて小さな声で詫《わ》びた。

「ごめんね、杉石君。まさか、教頭先生のお話が、あんなことだとは思ってなくて。てっきり、褒めるために呼んだとばかり思っていたのよ。あんな酷《ひど》いこと……ごめんなさい、先生も、教頭先生がどうしてあそこまで腹を立ててらっしゃるのか、ちょっとわからない。ただただ、ビックリしてしまって」

混乱を隠そうともしない大谷先生の、まだ少女めいた可愛らしさの残る丸い顔は、泣き出しそうに歪《ゆが》んでいる。

だが、少年はそんな担任をじっと見返すだけで、やはり何も言わない。

「先生が、杉石君の許可も得ずに推薦したから、こんなことになっちゃった。本当にごめんなさいね。杉石君に自信をつけてもらうには、絶好の機会だと思ったの。文集に作文が載ったら、クラスのみんなもきっと、杉石君の凄いところがわかると思ったの。だって、本当に素晴らしい作文なんだもの、これは」

傍で見ている有が気の毒になるほど、大谷先生は必死で詫びつつ、少年の代わりに受け取ってきたくだんの作文を大切そうに眺めた。

「でも先生、教頭先生が仰《おっしゃ》ったみたいには思わないわ。小賢しいなんて、そんなこと、絶対ない。思ったとおりを素直に書いたからこそ、先生の胸を打ったんだもの。ね、そうでしょう？」

(あっ)

有のシャープな頬が、ピクリと痙攣《けいれん》した。

(駄目だ。それ以上はいけない)

唐突かつ鮮明に甦《よみがえ》った記憶が、有を狼狽《ろうばい》させる。

このあと、自分が放つ言葉を思い出してしまった以上、とても落ちついてはいられない。

(よせ、そのまま最後まで口を閉じていろ)

自分が夢の世界の人々に干渉できないことはわかっていながら、有は過去の自分を喋《しゃべ》らせまいとした。

だが、少年に向かって一歩踏み出したところで、有の身体はびくとも動かなくなった。軽く上げた手も、宙に浮いた右足も、床を蹴《け》ろうとした左足も、本来ならありえないバランスを保ったまま制止している。開きかけた口も、ずっと0の字の形のままだ。

だが、時が止まったのは、有だけである。

石のようになった彼の目の前で、ずっと無言だった少年は、担任の顔を見上げ、そして小さな声で言った。

「いえ」

「ん？　なあに？」

少年の声をよく聞き取ろうと、大谷先生はまだ動揺したままの顔で、それでももう一度身を屈める。

そんな担任の顔から目をそらし、少年は小さな声で、言った。

「教頭先生の言ったとおり」

「えっ？」

（やめろ。言うな。先生を傷つけるだけじゃないか！）

動けない有は、心の中で叫ぶ。だが少年は、俯いて、淡いグレーの床をぼんやり見つめながら、無感情な声で告げた。

「僕、運動会とか興味ないから。作文を書けって言われても、何も思うことがなくて」

「杉石君……」

「なんか、よさそうなこと書いとけば怒られないかなって。想像で書いただけ」

「じゃあ、あれは、杉石君の本当の気持ちとは違うの？」

「ぜんぜん違う。だまそうと思ったわけじゃないけど、嘘」

「……そう、なんだ」

大谷先生は、ゆっくりと膝から手を離し、身体を起こした。

その大きな目は、明らかに潤んでいる。

申し訳なさといたたまれなさで、傍観している有は、思わずこめかみに手を当てた。

（そんなこと、言ってどうする。正直に打ち明けて、誰が喜ぶというんだ）

大人になった有は、大谷先生の心情のほうに共感を覚えてしまう。

上司に叱責《しっせき》され、気に掛けていた生徒に裏切られて、若い担任の傷心はいかばかりだっただろうか。

それでも大谷先生は、無理矢理に頬に引きつった笑みを浮かべ、項垂《うなだ》れる少年の肩を優しく撫《な》でた。

「でも、本当によく書けた作文だったわ。たとえ創作でも、自信を持って。引き留めてごめんね、気をつけて帰ってね」

気丈に話しかける声の震えに、傍で聞いている有のほうが泣きたい気持ちになってくる。

声が届くなら、「その節は申し訳ないことをしました」と詫びたいが、それすらも叶《かな》わない。

一度も振り返らず廊下を歩き去る過去の自分と、少年の視界から外れたことを確かめて、ハンカチを目に当てる大谷先生とを交互に見やり、有はただやりきれない思いを噛《か》みしめた。

（こんな風にこっぴどく人を傷つけたことを、僕は今の今まで忘れていたのか）

心に、後悔と羞恥、それに罪悪感がギシギシと食い込んできて、有は苦痛に顔を歪める。

だがそのとき、何の脈絡もなく、「にゃーおー！」という鳴き声が、遥《はる》か上のほうから響き渡った。

「な……何だ⁉」

天井を見上げた瞬間、自分が身を置いていたはずの校舎も、過去の自分も、静かに涙を流す担任も、すべてが消え去った。

気付けば有はだだっ広い草原に突っ立っていて、晴れ渡った空から、黒々した物体が落ちてくるのが見えた。

それは、信じられないことに、猫だった。

そう、自動車ほどの巨大な猫が、急速に落下してくるのである。猫のふかふかした毛むくじゃらの腹が、物凄《ものすご》いスピードで頭上に迫る。

（い、いくら夢でも、こんな無茶な）

逃げなくてはと思うのに、丈の高い草が両脚にツタのように絡みついて、有はまたしても一歩も動けない。

（たとえ夢の中でも、猫に押し潰《つぶ》されて死ぬのは……！）

何か武器になるものや便利な道具はないかと周囲を忙《せわ》しく見渡しても、何一つ見つからない。

そうこうしているうちに、猫の腹は、毛の一本一本が識別できるほど近くなり、そして、有の視界を埋め尽くし……。

ぐしゃ。

柔らかくて温かい、それでいてズッシリした猫の腹に押し潰され、地面にめり込んだ感触と共に、有はパチリと目を覚ました。

「あ……あぶない、ところ、だった」

思わず、そんな掠《かす》れ声が漏れる。

夢の中で死にかけるなど、それ自体、決して気分のいいものではない。

だが、危ういところで目覚めることができたと思うと、つい安堵《あんど》に似た不思議な感情が湧き起こってしまう。

ところが次の瞬間、有は、腹の上に本当に何か重い物が載っていることに気づき、顔をしかめた。

何が、とは思わなかった。

寝起きといえども、有にはそれが何、いや、誰であるかはハッキリわかっていたからだ。

「シリカ」

　静かに名を呼ぶと、有の腹の上に上半身を乗り上げている若い男が、ニッコリ笑って挨拶《あいさつ》してきた。

「おはよう、なお」

　有も、顰《しか》めっ面で挨拶を返し、手探りでベッドサイドのテーブルから、眼鏡を取って掛けた。極度の近視なので、眼鏡なしでは何も見えないと言っても過言ではないのだ。

「……おはよう。何をしている？」

　ごく当たり前の有の問いかけに、シリカと呼ばれた長身の男は、こちらもさも当然といった口ぶりで答えた。

「なおを起こしていた。何度も呼んだよ。ちっとも起きないから、最後には大きな声で呼んだ。それでも起きないから、乗っかってやったんだ」

「なる……ほど」

　夢から覚める前の段階では、現実世界に起きていることと夢の世界がよくリンクする、と聞いたことがある。

　本当か嘘かは知らないが、なるほど、さっき夢の中で聞いた猫の鳴き声は、自分を呼ぶシリカの声、そして落ちてきた巨大な猫は、腹の上に乗ったシリカの身体だったのだろう。

　現実と夢の迷惑なシンクロだと心の中でぼやきつつ、有は自分の上からどき、ベッドの端に腰を下ろすシリカを見た。

荒っぽい起こし方をされた腹立たしさと、あのいたたまれない夢から結果的に助け出してくれたことへの感謝がない交ぜになった、有の複雑な視線の先にあるのは、現実離れした美しい顔だった。

ミルクガラスのように透明感のある白い顔と、それを縁取る金色がかった栗色の髪、そして、薄暗い部屋の中でも、猫の目のように光る双眸《そうぼう》。

その虹彩《こうさい》は、今は灰色がかった緑色だが、太陽の下では金や紫が複雑に入り交じったミステリアスな色彩になることを、有はよく知っている。

どこの国の人でも、きっとどこか近しいものを感じる、しかし同時に自分とは微妙に違う何かを感じる……そんな奇妙に整った顔立ちの男は、どこか心配そうに有を見下ろした。

「なお、またうなされていたよ？　そんなに歯を食いしばっていたら、そのうち歯がなくなってしまうんじゃないかな」

「そこまでじゃない。それより」

有は目覚まし時計を取り、盤面をシリカに示した。

「目覚ましをかけているから、わざわざ起こしてもらう必要はなかった。しかも、アラームが鳴る一時間も前じゃないか」

そんな抗議にも、シリカは少しも怯《ひる》まず言い返してきた。

「目覚まし時計は、いつもの時間にセットしたんでしょ？　今朝は特別な朝ごはんにするから、早く起きなきゃって言ってたよ、なお」

「……ああ、そうか。そうだった。すまない。君の言うとおりだ」

「でしょ？　じゃあ、わたしはコーヒーを淹《い》れてこよう」

「ありがとう。すぐ行く」

有の返事に満足した様子で、シリカは軽い身のこなしで立ち上がると、寝室を出て行く。

「まったく。なんて夢だ。そして、なんて目覚めだ」

起きたばかりだというのに、全身が怠《だる》く、背中からうなじにかけて、筋肉が凝り固まっている。

「二度寝したいが、そうもいかないか」

名残惜しそうに枕をひと撫でしてから、有はもったりした動作で身を起こした……。

1

「楽しみだね。楽しみだねぇ」

　さっきからずっと同じ言葉を近くで聞かされ続け、有はゲンナリした顔つきで冷蔵庫を開けた。

　横から庫内を覗《のぞ》き込もうとするシリカの頭をいささかぞんざいに押し戻してから、大きなファスナー付き保存袋を注意深く取り出す。

「おー！」

　有にすげなく扱われても少しも気にせず、シリカは笑顔で歓声を上げた。

「そんなにはしゃぐほどのことではないだろうに」

　二人の感情に「質量保存の法則」でも働いているかのように、シリカのテンションが高くなればなるほど、有の気持ちは落ち着き払っていく。

「嬉《うれ》しいときは、はしゃいでいいんじゃない？　特別な朝ごはんは、嬉しいイベントだし」

「大袈裟《おおげさ》だな、相変わらず」

有は苦笑いで冷蔵庫を閉め、保存袋をステンレスの調理台にそっと置いた。

「コーヒーは？」

「もう用意できているよ。あとはカップに注ぐだけ」

「では、こっちも急がなくては。君のおかげで早起きできたとはいえ、もたもたしていたら時間がなくなってしまう」

「それは困る。二人で美味《おい》しく食べる時間が必要だもの。何をすればいい？」

「フライパンを火にかけてくれ。中くらいのでいい」

「いつもの、黄色いやつ？」

「ああ。それを弱めの中火にかけて……ああいや、フライパンの底に、炎の先端が触れるか触れないかくらいの火加減にしてほしい」

途中で具体的に言い直した有に、シリカはにっこりした。

「最近、なおはそうやって、わかりやすく説明してくれるようになったね」

「君と話していると、自分がいかに曖昧《あいまい》に物事を指示しがちか痛感するよ。基準に個人差があるような用語より、具体的で平易な表現を使うほうが、結局、話が早いことがあると知った」

真面目くさった口調で応じる有に、シリカは小首を傾げる。

「話が早い、というのは、いいこと？」

「たいていの場合は」

「じゃあ、よかった。フライパンの底に、先っちょが触るか触らないかくらいの大きさの火。うん、ちゃんとわかったよ」

笑顔で請け合い、シリカはシンク上部の戸棚を開けた。長身ならではの余裕で、重ねて収納してある鍋《なべ》の中から目当てのフライパンをヒョイと取り出す。

（もうすっかり、この家に馴染《なじ》んだな）

シリカのスムーズな動作を見ながら、有はふとそう思った。

奇妙な経緯《いきさつ》で、亡き恩師である天河陶子《てんかわとうこ》から彼を託され、共に暮らし始めてから、もうすぐ三ヶ月になる。

季節は夏から秋へと移りつつある。そうはいっても日中はまだまだ残暑が健在だが、朝夕はめっきり涼しくなった。

陶子が生前、シリカについて有に与えた情報は、彼が彼女にとって「大切なもの」である……ただそれだけだった。

本来なら、シリカ本人から話を聞けばいいようなものだが、それがそう上手《うま》くは運ばない。

シリカはおそらく二十代前半くらいの年齢、つまり立派な大人であるはずなのだが、語ることがいちいちふわふわと頼りなく、具体性に乏しい。

この三ヶ月のあいだに、シリカについて有が得ることができた情報は、驚くほど僅《わず》かである。

シリカ自身には、生まれた国についても両親についても、生年月日についてすら、何の記憶もない。

生い立ちについてあれこれ訊《たず》ねてみても、首を傾げるばかりだ。

覚えていないのか、打ち明けたくないのか、それさえ有には判断がつかないのだが、シリカが語る「過去」は、三年前……海外をあちこち旅していたらしき陶子と出会い、共に来日して、シリカは彼女の養子になった、そのあたりからしか存在しないようだ。

親子になってからの陶子と二人の生活については、シリカは折に触れ、心から楽しそうに話してくれる。

ところが肝腎《かんじん》の、陶子との出会いについても、彼女が養親となった経緯も、本人はあまり覚えていない……というか、関心がないようで、未《いま》だ詳しい話が聞けずにいる。

シリカという名は陶子がつけたものらしいが、ではそれ以前の名はと有が幾度訊ねても、シリカはそのたび、力なく首を振るだけだった。

有は、シリカと同居を始めて以来、日常会話の中からささやかな情報を拾い上げ、それをジグソーパズルのピースよろしく組み合わせる地道な作業をずっと続けている。

「火はこれで大丈夫、なお?」

「いい感じだ」

頷《うなず》きながら、有は油断するとすぐ一文字になってしまう口元を緩めた。

どうやら、シリカが日本語を学び始めたのは陶子と出会ってからのようで、未だに彼の話し方には奇妙な訛《なま》りがある。

有の名を呼ぶとき、油断するとすぐ「にゃお」になりがちなのも、その一例だ。

（あの「にゃお」のせいで、さっきは夢の中で巨大な猫が降ってきたんだろう。シリカが、僕の名を猫の鳴き声みたいに呼ぶから）

微苦笑しつつ、有はコンロの前から離れ、食器棚のほうへ向かうシリカを見送った。

日本語での日常会話に不自由がないとはいえ、シリカが理解できる語彙《ごい》には限りがあり、会話を極力シンプルにせざるを得ないのも、突っ込んだ話がしにくい一因である。

（僕は口が重いほうだから、会話が短いのは助かるが、とはいえ）

今のところ、有が把握できていることといえば、シリカがこれまで一度も学校に通ったことがないこと、読み書きのレベルから始めて、勉強はすべて陶子が教えてくれたこと、テーブルについて食事をすることやカトラリーの使い方、それに買い物のやり方など、とにかく生活全般について、陶子と出会うまでろくに何も知らなかったこと……その程度だ。

（天河先生に養子に迎えられる前の彼の生活環境が、恐ろしく劣悪で非文化的なものだったことは想像がつく。しかし、それだけだ。具体的なことは、何もわからない）

シリカと同居を始めて以来、もう何百回目になるかわからない溜《た》め息をつきつつ、有はもう一度冷蔵庫を開け、バターの紙箱を取り出した。

中の銀紙の包みを開き、気前のいい分量をナイフで切り取って、少量の米油と共にフライパンに投入する。

皿とマグカップを持って戻ってきたシリカは、明るい場所ではオパールのように複雑な色彩を見せる大きな目を丸くして、嬉しそうに言った。

「バター、今朝はたくさん使うんだね！　にゅー……えっと、なんだっけ。そうだ、ニューヨーク、にいたときみたい。パンケーキに、こーんな大きさの、ふわっふわのバターが載っかってた」

　シリカはテニスボールほどのサイズを両手で示してみせたが、有はバターにはまったく興味を示さず、眼鏡の奥の切れ長の目をすっと細めた。

「久しぶりに新しい情報だな。ニューヨークにいたことが？」

　シリカは屈託なく頷いた。

「ん。ＵＳＡのあちこちにいたよ。どこにいるときも、トーコが仕事をしない日には博物館や美術館に連れてってくれた」

「仕事？　大学をお辞めになってからも、天河先生は何かお仕事を？」

「何かは知らないけど、なおがときどきやってるみたいに、パソコンに向かってパタパタやってた」

「執筆、か？」

「かな。テキスト原稿の〆切《しめきり》が、とか言ってた」

「ご専門の、医療倫理学のテキストか。今度、調べてみよう。で、博物館はいったい」

「わたしの勉強のためだって。『人類の足跡を、一度はその目で見るべきよ』、とか言ってた」

　相変わらず、シリカは養母である天河陶子の口調を真似るのが上手い。さほど長くない年月でも、二人が濃密な時間を過ごしたことをうかがい知ることができる。

　恩師がそれを言っているときの凛々《りり》しい表情が容易に想像されて、有も懐かしそうな表情になった。

「さすが天河先生だな。教育が実践的だ。しかし、合衆国には確か、たくさん有名な博物館や美術館があると思うんだが」

「うん。たくさん行った。たくさん行きすぎて忘れちゃったけど、空を飛ぶものがたくさん置いてある建物は楽しかったなあ。乗れなくて残念だった」

「空を飛ぶ？」

「うん。飛行機とか、月面探査機？　とか」

「ああ、なるほど。国立航空宇宙博物館かな。僕は行ったことがないが、日本の零戦も展示されていると聞いたことがある」

「ぜろせん？　ああ、トーコが教えてくれた気がする。あと、月の石も見たよ。月からわざわざ石を持って帰るなんて、不思議だよね」

「不思議、だろうか。僕は、初めてテレビで見たとき、感動した」

「どうして？　石はどこにあっても石じゃない？」

平易な言葉であるがゆえに、シリカの疑問はいつもストレートで、答える者にもごまかしを許さない厳しさがある。

有は考え考え、真剣に答えた。

「それはそうだが、月は宇宙飛行士以外の人間にとっては、あまりにも遠いだろう。おそらく生涯、自力では行けない場所にあった石は、それだけで感動を生むものだ」

するとシリカは、なるほどといった顔つきで頷いた。

「そういえば前にテレビで、野球をする人たちが泣きながら土を持って帰るのを見たことがある。みんな、遠くに行くと、石とか土とかを持ち帰りたくなるのかな」

「……高校野球とアポロ11号を同列に語るのは、君くらいだよ」

「そう？」

そんな他愛ない会話をするうちにも、フライパンの中で米油と混じり合ったバターの塊はゆっくり溶け、ふつふつと泡立ち始める。

泡粒が小さくなるタイミングを見定めて、有は保存袋の中身をそっと取り出し、フライパンのバターの海の中に浮かべるように並べて置いた。

「おー」

ジューッという音が立ち、香ばしい匂いが立ち上る。シリカの形のいい唇から、間の抜けた声が発せられた。

有が作っている「特別な朝ごはん」というのは、特別なことは何もない、素朴なフレンチトーストだ。

実はシリカが来る前、有には朝食を摂《と》る習慣がなかった。

さっきのような悪夢ばかり見るせいで眠りの質が悪く、スッキリ目覚めることがまずないので、ギリギリまでベッドで過ごし、飲まず食わずで出勤するという日々を送っていたのである。

ところが、シリカはどうやら朝からきっちり腹が減るらしく、毎日、驚くほど丁寧に、まんべんなくこんがりと焼き上げた極上のトーストを用意する。

しかも、ひとりで食べればいいものを、必ず有の分も作るので、根負けしてテーブルに着かざるを得ない。

やむなく付き合っているうちに、夢見こそ相変わらず悪いものの、有も徐々に食パン一枚くらいは平らげられるようになった。

今朝、フレンチトーストを作ることにしたのは、昨夜、冷凍庫の片付けをしていて、長らく存在を忘れていた厚切りの食パンが二枚も発掘されたせいだ。

おそらく、シリカと出会う前に買って、非常食のつもりで冷凍しておいたものだろう。

明らかに傷んでいるわけではないので捨てるにしのびないが、そのまま食べても、もはや旨《うま》くはないに違いない。

そこで有は、昨夜、卵と牛乳、そして砂糖を混ぜ合わせて漬け込み用の液体を作り、ファスナー付き保存袋に注ぎ入れて、そこに解凍した食パンを浸した。

一晩、冷蔵庫に置いたところ、かなり乾き気味になっていた食パンは、漬け込み用のリッチな液体を根こそぎ吸い込み、ふわふわに膨らんでいた。

それを今から、フライパンでじっくりと焼いていくわけだ。

「そんなに弱い火のままで焼くの？」

シリカは興味津々で、長身を二つ折りにする勢いで身を屈《かが》め、フライパンの底を覗《のぞ》き込む。

有はフライ返しでパンの焼け具合をチェックしながら頷《うなず》いた。

「でないと、バターが焦げて嫌な味が出てしまう。天河先生は、フレンチトーストをお作りにならなかったのか？」

何の気なしに有が訊《たず》ねると、シリカは頭を上げたついでに大きく伸びをしながら笑顔になった。何かを思いだしたらしい。

大きく笑うと、大理石の彫像のように整った美しい顔の左右均等がやや崩れ、急に人間臭くなる。

「たぶん、あれがそうだったんだろうな。硬くなったバゲットを机に叩《たた》きつけて適当に折って、ミルクシェイクみたいな液体が入ったボウルに浸《つ》けて、やっぱり一晩冷蔵庫に入れていた」

「まさにフレンチトーストじゃないか。かなり豪快ではあるが」

「うん。それをバターじゃなくて、オリーブオイルで焼いてくれたんだけど、バゲットがすぐ焦げちゃって、中はジュクジュクで、あんまり美味《おい》しくなかった」

「火加減が強すぎたのかな」

「そうみたい。この家みたいにガスならすぐ調節できたんだろうけど、こんな感じの電気で赤くなるやつだったから、急には弱められないのよって怒ってた」

　シリカは長い指で、蚊取り線香のような渦巻き模様を調理台の上に描いてみせる。ピンと来た有は、納得顔で頷いた。

「電熱線のコンロか。僕も、学生時代にロンドンに行ったときの短期貸しアパートメントで経験した。あれは確かに加熱の微調整が難しい」

　するとシリカは小さく手を叩いた。

「ああ、そうだ。ロンドン。わたしたちもあのとき、ロンドンにいた。やっぱり大きな博物館のすぐ近くにしばらく暮らしたよ」

「今日は、珍しく新しい情報がたくさん得られるな。それは、天河先生の養子になってから……ああ、君はあまり間柄に興味がないんだったか。三年前、天河先生と東京に移り住んだ、その前か後、どっちのことだ？」

　有は驚きつつも、陶子とシリカの謎めいた生活について、さらに知ろうと問いを投げかける。

「あと。トーコ、病気でしばらく病院にいて、わたしは家で留守番をした。そのご褒美に旅をしたんだ。ロンドンでも、やっぱり博物館に連れていかれた。ひからびた人間を見たり、骨になった恐竜を見たりしたよ」

きつね色になったフレンチトーストを、やや危なっかしい手つきで引っ繰り返しつつ、有は、まだいくぶんぼんやりしている頭をフル回転させた。

(三年前、海外生活を切り上げて帰国なさった天河先生は、悪性腫瘍《しゅよう》の手術を東京で受けられたと聞いた。そのときのことか)

「干涸《ひか》らびた人間というのは、大英博物館のミイラのことだな」

「ああ、そう、それ。ミイラ。猫のミイラも、ワニのミイラもいたよ。全部、プレゼントみたいに包まれてた」

包帯で丹念に巻き上げられたミイラを「プレゼントみたい」と表現するのが可笑《おか》しくて、有は苦笑いする。

「丁寧に包まれているというのは、丁重に弔われたということだ」

「ふうん？　そういえば、恐竜は包まれてなかった」

「それは……だいいち包むには大きすぎるし、彼らは野生の生き物で、弔うという概念を持つ仲間はおそらくいなかっただろう。恐竜の化石があったのは、自然史博物館かな」

「覚えてない。トーコはあんまり調子がよくなかったから、寝てたり、公園で日なたぼっこしたりしてた。そのあいだに、わたしはひとりで博物館を見て歩いたんだ。夕方になったら、トーコが迎えに来てくれた」

「なるほど」

頷きつつ、有はこんがり焼き上がったフレンチトーストを、二枚の皿に食パン一枚分ずつ盛り分けた。

漬け込み液の砂糖は少なめにしたので、仕上げにメープルシロップをたらりと掛け回して甘さを足す。

あとは、電子レンジで加熱してカリカリに仕上げたベーコンと、昨夜の残りのサラダほうれん草にドレッシングをかけて添えれば、ささやかながら「特別な朝ごはん」の完成だ。

二人はダイニングのテーブルに移動して、朝食を摂ることにした。

兵庫県神戸《こうべ》市の閑静な住宅街にある有の自宅は、かつて洋画家だった父方の祖父が、自宅兼アトリエにしていた平屋である。

絵を描くのに必要な自然光を、色々な角度からふんだんに取り入れられるよう設計されているので、掃き出し窓は大きく、天井にもいくつか明かり取りの小窓が嵌《は》め込まれている。

肌や目に関して言えば、黄色人種より白人の遺伝的要素が強く出ているシリカだけに、強い光はあまり得意でないようだ。

それに気付いてから、有はダイニングとリビングの掃き出し窓に取り付けたカーテンを、ブラインドに交換した。

そのほうが、日中、この家で過ごすシリカが、自分が居心地のいいように光量を調節できると考えたからだ。

今朝も、三割ほどブラインドを下ろすことで、窓から差し込む朝の光をいくぶん抑えたが、シリカはそれでも少し眩《まぶ》しそうにしながらフレンチトーストを口いっぱいに頬張った。

箸《はし》使いはまだ幾分おぼつかない彼だが、フォークやナイフは上手に扱う。

「うん、美味しい。なおが作ると、中がプリンみたいだね。これが、成功したフレンチトーストなのかな」

「卵と牛乳をパンに染み込ませたわけだから、火が通れば実質プリンだな。そうなっているということは、成功と言っていいんだろう」

「ふうん。美味しいね。トーコ、わたしにこういうのを作ってくれようとしたんだな」

「天河先生は食にこだわりがある方だったから、その失敗はさぞ悔しかっただろうな」

「うん。キッチンでダンダンしてた」

「地団駄を踏むほど……」

「そう、それ、ずだんだ！」

「惜しい。地団駄」

喋《しゃべ》りながらもどんどんフレンチトーストを平らげていくシリカを見守りつつ、有も小さめの一口を切り取って口に入れてみた。

シリカにはともかく、自分には朝から重すぎるかと思ったが、水分と柔らかさのおかげか、意外とすんなり喉《のど》を通る。

「そういえばさ、なお」

「うん？」

「今朝は、何の夢を見てたの？」

先刻の悪夢の話を蒸し返され、ブラックのままコーヒーを飲もうとしていた有は、ウッと言葉に詰まる。

「それは……ちょっと、昔のことを」

「なおは、いつも昔の夢を見るんだね。うなされてたとき、必ずそう言う」

「ああ、まあ」

有は曖昧《あいまい》な相づちを打った。

子供のように無邪気で素直な言動を見せるシリカには、感覚においてかなり鋭敏、あるいはいささか過敏と言うべき面があるようだ。

暗がりでも驚くほどよくものが見えているし、外出のときには耳栓が欠かせないほど、音にも神経質である。

現在、同居しているといっても互いに眠る場所は別だ。初日こそシリカをリビングルームに寝かせはしたが、今は、祖父の居室だった部屋にベッドを入れ、シリカ専用の寝室にしている。

間取り的には有の寝室の隣の部屋ではあるが、間にウォークインクローゼットを挟んでいるので、本来、生活音程度ではさほど響かないはずだ。少なくとも有は、シリカが寝室で立てる音が気になったことは一度もない。それなのに、有が夢でうなされていると、シリカは必ず聞きつけて起こしにやってくる。

夢の内容次第で、それがありがたいときも迷惑なときもあるが、とにかく寝言を聞かれるというのは、有にとってはいささかのプレッシャーである。

そんな有の胸中など気にもせず、シリカは柔らかなフレンチトーストにナイフを入れてこう言った。

「ほんとに柔らかいね。妖精《ようせい》に切りつけたらこんな感じだろうか。ああそうだ、さっきは寝言で『やめろ』って何度も言ってた。夢の中で、誰かに嫌なことされた？」

「えっ？　妖精……あ、いや、その」

前半のファンタジー的な物騒さと、後半の気恥ずかしさとが同時にやってきて、有はフォークを持ったまま狼狽《うろた》えてしまう。

シリカは大きく切り取ったフレンチトーストを頬張り、もぐもぐしながら、残念そうに呟《つぶや》いた。

「夢の中に入れるなら、なおに悪いことするやつは、わたしが追い払ってやるのに。いや、夢の中なら殺してもだいじょうぶ？」

「大丈夫じゃない！」

半ば反射的に、有は語調を強めた。

いつものんびりしているシリカだが、たまにこういう微妙に物騒なことを言うのが、有の心に嫌な感じで引っかかっている。

(いったいどんな育ち方をしたのか……。よほど治安の悪い国で過ごした経験があるんだろうか)

滅多に大声を出さない有なので、叱責《しっせき》されたと思ったのか、シリカは「ごめんなさい。そういうことを簡単に言っちゃ駄目って、トーコにも凄《すご》く怒られたんだった」と、大型犬のようにしょげ返る。

「ああ、いや。すまない。朝から声を荒らげて、僕のほうが悪かった」

有は慌てて、声音を和らげて詫《わ》びた。

思えば、彼の養親である天河陶子は、医療倫理学を専門にしている学者だった。

シリカが言うとおり、軽々しく他者の命を奪うような発言を、彼女が許すはずがない。おそらく、本当に厳しく叱責されたに違いない。

(そうだ。天河先生は、僕なんかの命のことも、僕以上に大切に思ってくださった)

有は、思わず窓の外に視線を向けた。

恩師といっても、ただ世話になった指導者、というだけでは、いくら頼まれてもこんなに得体の知れない、明らかに厄介な問題を抱えている男を自宅に迎え入れ、共に暮らすことなどできなかっただろう。

人一倍慎重な有が、誰もが躊躇《ためら》うような決断を比較的短時間の内に下すことができたのは、それが陶子だからだ。

陶子は、有にとってただの恩師ではなく、彼の魂を暗い淵《ふち》からそっと引き上げてくれた、まさに命の恩人と呼ぶべき存在なのである。

（あのとき、天河先生が僕の「教師」になってくださらなかったら、今の僕はない）

窓の向こうに煌《きら》めく明るい朝日を眺めつつ、有は遠い日に想いを馳《は》せた。

十年前、新米医師である研修医として、母校のN医科大学で各診療科を回っていた有は、世間を騒がせたとある事件に深く関与してしまった。

担当した患者のひとりが、有がかねてからファンだったミュージシャン、宮入《みやいり》ソウスケだったのである。

喉頭《こうとう》癌の手術を控えていた宮入は、医療スタッフや家族が彼に隠しごとをしていると悟り、毎日、病室を訪れていた有に、医師として「インフォームドコンセント」をするようせがんだ。

彼の「ファンに対して責任を持たなきゃいけない」という誠実な言葉に胸打たれた若き日の有は、手術によって、彼がミュージシャンの命である声を失うことになると、独自の判断で告知してしまったのである。

『教えてくれてありがとな。これで俺、前へ進めるよ』

そう言っていたはずの宮入は、その後、手術を受けることなくみずから命を絶った。

遺書には、有に罪はないと書かれており、遺族はそれに従って、有を告訴することはしなかった。

とはいえ、有の罪の意識がそれで消えるはずもなく、彼もまた自殺を図り、命は取り留めたものの、生ける屍《しかばね》のような状態に陥っていた。

そんな彼のもとにやってきたのが、当時、大学で医療倫理学の教授であった、天河陶子だった。

彼女の粘り強い働きかけと、ときに楽しく、ときに難しく、またときに身を切られるほどつらい会話を通じて、有は暗い淵から這《は》い上がり、どうにか再び歩き出せるようになった。

法医学という、それまで考えてもみなかった道に導いてくれたのも、陶子である。

宮入の死をみずからの命ひとつで贖《あがな》えると思うのは、とんだ傲慢《ごうまん》だと有を叱りつけ、罪を償うつもりがあるなら「死者のしもべ」として生きろと、現在の上司である法医学教室の虎目《とらめ》実郎《じつろう》教授に引き合わせてくれた。

（天河先生が、僕に小さな光をくださった。そして、それを頼りに、僕はこれまで生きてきた。先生が導いてくださらなかったら、僕は今、ここにこうして生きてはいない）

陶子への感謝を嚙《か》みしめ、有はシリカに視線を戻した。

「ごめんなさい。もう言わない」

ずっと有を見つめていたらしきシリカは、神妙に誓いを立てる。

「過度な期待はしていないが、そうしてくれるとありがたい。君がどんな環境で育ったか知らないが、冗談でも、人の命を奪うなんてことを口にすべきじゃない」

「わたしは、冗談なんて言わないよ」

「だったら、なお悪い」

有のそこはかとなく冷ややかな応答に、シリカの形のいい眉尻《まゆじり》が情けなく下がる。

「なお、怒った？」

有は、溜《た》め息をひとつついてから、首を横に振った。

「僕は君の保護者ではないから、怒る立場じゃない。しかも、人の命の大切さについて語る資格も、僕にはない。だが、天河先生の教えを忘れないでくれ」

シリカは少し不思議そうに、有を上目遣いで見た。

「資格がないって？」

「……それは、気にしないでほしい。とにかく、僕の夢の話に戻るが、『やめろ』というのは、僕が過去の自分にかけた言葉だ。僕が危害を加えられたわけじゃない。むしろ」

「むしろ？」

「優しくしてくれた先生を、傷つけてしまった」

真正面で、「ビクターの犬」のように大きく首を傾げるシリカに、有はさっき見た夢の話を掻《か》い摘《つ》まんで語った。

大真面目な顔で耳を傾けつつ、フレンチトーストをペロリと平らげてしまったシリカに、有は半分近く残った自分のフレンチトーストの皿を押しやった。

「よかったら食べてくれ。とにかくそんなわけで、心にもないことをそつなく書いたつもりの作文で、教頭先生に不愉快な思いをさせ、担任の先生を悲しませた。勿論《もちろん》、文集への掲載は見送られた。そんな全方位ろくでもない思い出が、脳のどこかにこびりついていたんだろうな。どうして急に甦《よみがえ》ったのかはわからないが」

「なおは？」

「うん？」

シリカは真面目な顔で、今度は有が寄越《よこ》したフレンチトーストに取りかかりつつ訊《たず》ねてきた。

「教頭先生？　は、不愉快。担任の先生？　は、悲しい。わたしにはよくわからないけど、そうなんだね。でも、まだなおの気持ちを聞いてない。なおはそのとき、どんな気持ちだったの？」

「僕の気持ち……」

　夢の中で、ぼんやりと担任の顔を見上げていた少年時代の自分の姿を思い出し、有はワイシャツの胸元に手を当て、絶句する。

「なお？」

「すまない。正直、よくわからない。決して嬉《うれ》しくはなかったのは確かだが」

「自分のことなのに？」

「返す言葉もない。僕は子供の頃から、あまり感情を表に出さないタイプだったようだ。ただ、教頭先生に『小賢《こざか》しい』と言われたときに、動揺はした」

「こざかしい、って、あんまりいい言葉じゃないんだね？」

「そうだな。利口ぶっているとか、生意気だとか、そういうニュアンスだろう」

「ふうん。でも、なおはたくさん言葉を知っていたんだから、本当にお利口だったんじゃないの？」

「知識が多いことと賢いことは、イコールではないよ。おそらく」

「そう？」

「ああ。上手《うま》く言えないが、本当の賢さは、そんな小手先のこととは次元の違う場所にあるんだろう。それなのに、自分が賢いと思っていた僕は、そうでないと見抜ける大人の出現に狼狽《うろた》えたのかもな。今にして思えば」

「そうなんだ」

シリカはまだよくわからないと言いたげな顔をしていたが、有はそれに構わず立ち上がった。

「さて、そろそろ行かないと。今日はそう遅くならないと思うが、君は……」

「庭の手入れをして、なおが買ってきてくれた本を読んで、あと、これに行く」

シリカは両手を軽く上げて、左右にリズミカルに動かしてみせた。有は、ああ、と頷《うなず》く。

「今日はピアノ教室の日だったか」

「そう。とても楽しみだよ」

シリカはニコッとした。

有が仕事に行っているあいだ、シリカはひとりで過ごさなくてはならない。

最初の頃は庭仕事に大いにのめり込み、今も毎日少しずつ庭木のケアをしているようだが、さすがにそればかりやらせているわけにはいかない。

学校に通わせることも考えたが、市役所に相談に行き、シリカについての状況説明をすることの困難を想像しただけで、有は気後れして未《いま》だに実行できていない。

その代わりに、自宅にあった古いアップライトピアノにシリカが強い興味を示したので、長らく放置されていたそれを専門家に頼んでメンテナンスして貰《もら》い、リビングに据えた。

そして、最寄りのJR摂津《せっつ》本山《もとやま》駅近くにあるピアノ教室に、先月から毎週一度、通わせることにしたのである。

きちんと他者とコミュニケーションがとれるかどうか、有はずいぶん気を揉《も》んだが、どうやらそれは杞憂《きゆう》だったらしい。

初回こそ心配で有も付き添ったものの、シリカは持ち前の明るさと人なつっこさで担当の女性講師とあっという間に打ち解け、楽しんでレッスンに通っているようだ。

「それはよかった。では、行ってくる」

「行ってらっしゃい！」

後片付けはシリカに任せ、有は身支度を整えて家を出た。

彼の母校であり、職場でもあるN医科大学は、自宅最寄りのJR摂津本山駅から七駅離れたJR神戸駅の近くにある。

近くといっても、けっこうな上り坂を十五分ほど歩かねばならないので、通勤だけでもそこそこいい運動になる。

近所の住人から「九龍城《クーロンじょう》」と呼ばれるほど建て増しを重ね、様々な建物がひしめいているN医科大学の中でも、有が所属する法医学教室があるのは、「基礎医学・社会医学・共同機器センター棟」という長い名称の建物だ。

大学の中でも古い棟のひとつであり、学生の集う教育棟や、医療スタッフや患者がいる付属病院と違い、人の出入りも比較的少ない。

そのため、通路の照明はひとつおきに消灯され、どこもかしこも何となく侘《わび》しい雰囲気が漂っている。

とはいえ、そんなことも毎日通っていれば気にならなくなるもので、有は特に何の感慨もなく、ストレッチャーを搭載できる大きなエレベーターで六階に向かった。

エレベーターホールからいちばん近いセミナー室に入ると、いつものように教室秘書の瀬良《せら》直子《なおこ》が迎えてくれた。

「おはようございます、先生」

五十三歳になる彼女は、そろそろ勤続三十年を迎えようとする、法医学教室の女主人のような存在だ。

といっても、本人からはそんな威厳とはほど遠い、どこかみんながイメージする「田舎の母親」のような温かな雰囲気しか感じられない。

気さくな笑顔と柔和な関西弁が、業務内容上、どうしても陰鬱《いんうつ》になりがちな教室の空気を、常に和やかに保ってくれている。

「おはようございます」

こちらは慇懃《いんぎん》に瀬良に挨拶《あいさつ》を返すと、有は自席にバッグを置き、ロッカーを開けた。

基本的に、医科大学に勤務する医療スタッフの服装は自由だが、鑑定医として遺族と面会したり、検案作業で警察署に赴いたりすることがあるので、有は真夏以外はスーツで出勤するようにしている。

ジャケットを脱いでハンガーに掛け、ネクタイを外し、白衣に袖《そで》を通す。

毎日のことなので、動作はまるでプログラミングされたようにスムーズだ。

靴を脱いでサンダルに履き替えたところで、バタンと扉が開き、臨床検査技師の中野《なかの》信吾《しんご》が勢いよく入ってきた。

こちらは、ジーンズにＴシャツといういつものラフな服装で、白衣の前も開《はだ》けたままでいる。

「おっ、おはようございます、センセ。入りたてホヤホヤの解剖っすよ」

教室最年少、二十六歳の中野は、快活な口調でそう言うと、入り口近くの壁面に取り付けたホワイトボードを指した。

　そこには、その日の司法解剖のスケジュールを貼り出すことになっており、今朝は既に一枚、瀬良の達筆で書き込まれた用紙がマグネットで留め付けてあった。

「東灘《ひがしなだ》署か。しばらくぶりだな」

「そう言うたらそうですねえ。鑑定医は虎目先生ですけど、ちょっと遅れるから先に始めといてくれて言うてはりました」

　滅多に遅刻しない虎目実郎教授なので、有は怪訝《けげん》そうに眉《まゆ》をひそめる。

「何かあったんだろうか」

　すると中野は、顔全体をクシャッとさせる独特の笑顔で片手をヒラヒラさせた。

「や、なんや奥歯の詰め物がぱっかーんと外れて、朝イチで歯医者に駆け込むらしいです」

「なるほど。それは災難だな」

「ホンマに。まだ入れ歯違うかったんですね、ビックリしたわ」

「これっ、中野君。そない悪いこと言うて。自分が若いから言うて、他人様《ひとさま》を年寄り扱いするもんやないよ」

　虎目と年齢がいちばん近い瀬良に母親めいた口調で叱られて、小柄な中野は、肩をそびやかす。

「ヤバッ。若人やから、つい調子乗ってしもた」

「ホンマよ。失礼やわあ。ねえ、杉石先生」

「は……はあ」

瀬良に話を振られて、こちらは今年三十五歳、いわゆる中堅どころの有は、自分が中野と瀬良、どちらの側につけばいいのか咄嗟《とっさ》に判断がつかず、曖昧《あいまい》に頷く。

咄嗟にお愛想が言えない有の不器用さにクスッと笑いながら、中野は抱えていたバインダーを自分の机の上に置いた。

どうやら、朝一番に、検体を分析機器にセットしてきたらしい。

「もう、ご遺体入ってますけど、降ります？」

「ああ、行こう」

「あら、コーヒーも飲みはらへんで」

美味《おい》しいコーヒーを淹れることを大切な業務の一つにしている瀬良は残念そうな顔をしたが、有は「終わったらいただきます」と生真面目に応じて、中野と共にセミナー室を出た。

虎目、有、中野、そして瀬良という小さな職場なので、中野は臨床検査技師でありながら、司法解剖にも参加する。

無論、メスを握るのは医師である虎目と有だが、中野は書記や解剖助手として、八面《はちめん》六臂《ろっぴ》の活躍を見せる重要なメンバーだ。

法医学教室の一員であるからには、臨床検査技師も司法解剖の手順を把握し、自分が取り扱う検体が、どこからどのようにして採取されるのか知っておくべきだ……というのが、虎目の方針なのである。

二人はエレベーターで一階に降り、裏口から外に出て、「法医解剖棟」に入った。

昭和四十年代に建てられた年代物の二階建てだが、メンテナンスと改装を重ね、どうにか持ちこたえている。中野曰《いわ》く、「このレトロ感、あと十年くらい粘ったら、一周回ってお洒落《しゃれ》になるかもしれへん」そうだ。

二人はまず準備室に入り、それぞれ着替えを始めた。

着ていた服を脱ぎ捨ててまず纏《まと》うのは、いわゆるスクラブと呼ばれるシンプルなVネックの半袖《はんそで》シャツとズボンである。

大学から支給される洗いざらしたものだが、このあとあれこれと着込むので、肌馴染《なじ》みがよく、汗をよく吸収してくれるスクラブは、法医学者の心の友といってもいい存在である。

「俺、先に行ってますね。ゆっくり来てくれはってええですよ」

一足先に着替え終わった中野は、有の返事を待たずに準備室を駆け出していった。

解剖室ではいちばんマルチタスクな中野なので、なにかと気ぜわしいのである。それがわかっていながら「ゆっくり」するわけにもいかず、有はスクラブと共布の帽子で頭をすっぽり覆うと、自分も解剖室へと足を向けた。

警察組織といえば、体育会系の見本のような集団で、その特徴の一つが「大声」である。

有が解剖室の扉を開けるなり、真夏のセミの大合唱なみのインパクトで「おはようございます！」の声が、室内のあちこちから飛んでくる。

「……おはようございます」

こちらは必要最低限のボリュームで応じ、軽く目礼して、有は室内に入った。

前室の壁に引っかけてあった不織布の滅菌ガウンと樹脂製の長いエプロンは、既に身につけている。

あとは、中野が出しておいてくれた、指にピッタリと添う手袋を二重にはめ、アームカバーとマスクを身につければ、解剖用の装備は完成する。

臨床の医師は手術中にサンダルを履くことが多いが、法医解剖室では、実際に解剖を行う虎目と有は、必ず膝丈《ひざたけ》の長靴を履く。

何とも奇妙なスタイルだが、どんな疾患を持っているかわからない遺体を解剖しなくてはならないだけに、防御はどれほどしてもし過ぎることはないのだ。

最近ではゴーグルを使う教室も多いが、有も虎目も、仕事のしやすさを優先して、眼鏡での防御に留《とど》めている。

「どうも。お疲れさんです」

野太い声で有に追加の挨拶をし、うっそりとごま塩頭を下げたのは、東灘警察署の日《ひ》長和也《ながかずや》巡査部長だった。

若い頃にラグビーで鍛え上げた見事な身体を未《いま》だに維持しており、くたびれたスーツの肩や胸元は、今にもはち切れそうである。

「お疲れ様です」

有も、日長に軽く礼を返した。

頭を上げた日長は、太い眉をほんの僅《わず》かに上げてみせる。上野《うえの》の西郷《さいごう》像を思わせる厳《いか》めしい顔だが、そうすると、微妙な愛嬌《あいきょう》のようなものが生まれるから不思議だ。

実は、有と日長の間には、不思議な因縁がある。有の人生を大きく変えた宮入ソウスケの自殺だが、日長にとっても、それが刑事として初めて担当した事件だった。

そのとき、宮入の死のきっかけを作った有に対して強い嫌悪感を抱いた日長だが、今年、東灘署に異動していて有と再会し、彼が背負い続けてきた苦しみを知ってからは、一転して同志のような感情を抱き始めたらしい。

「今日は、横川《よこかわ》が別件で出とるもんで、俺が来さしていただきました」

二人だけのときはタメ口で、と申し出たのは日長なのだが、こうして他の人々がいる場所ではごく自然に敬語を使うあたりが、いかにも階級を重んじる警察官らしい。

「こちらも、虎目教授は少し遅れてくるので、それまでは僕がお話を伺います」

有のほうも、礼儀正しく応じた。友人が極めて少ない有としては、むしろ敬語を使うほうが楽なのである。

　中野が解剖の準備や、解剖前に行う写真撮影で大わらわなので、有は書記席に着き、ボールペンを手にした。日長もパイプ椅子に腰掛け、小さな机を挟んで有と向かい合う。

日長は書類を数枚、有のほうに向けて置いた。

「こちら令状です。まず確認してもろて。……ええですか。ほな。ホトケさんは高橋《たかはし》幸《ゆき》也《や》さん、四十五歳。住所はこちらです」

太い指で書類を指し示しつつ、日長は説明を始めた。

「板金工場を自宅の隣で経営しとります。従業員は三人。まあ、小さい所帯ですわな。家族はホトケさんの母親と長男が同居で、子供が二人。長男は父親の工場で働いとります。長女は近所のスーパーに勤務。嫁さんは三年前に病気で亡くなっとります」

「ふむ」

　小さく相づちを打ちながら、有は自分の手元の書類に、必要な情報を書き込んでいく。

色々なことが電子化される昨今だが、この手の記録文書に関しては、ペンを用いた手書きの書類が未だに用いられる。司法解剖においては、記録した写真も文書も裁判における資料や証拠物件となりうるので、いずれも簡単に改変できないフィルム撮影や手書きの文書であることが重要なのだ。

「発見は、本日午前七時二十分頃、普段は七時に起きてランニングに出掛けるホトケさんが起きてこんっちゅうことで、母親が起こしにいったところ、布団の上で死亡しとったということです。通報は七時半、まずは救急が呼ばれまして、現場で死亡確認の上、こちらに連絡が来ました」

なるほど、と呟《つぶや》いて、有は小さく頷《うなず》いた。

家族が急死したとき、すぐに警察に連絡することを思いつく人は、意外と少ない。死んでいると思っても、思わず救急車を呼んでしまう人が多いのである。あるいは、息を吹き返す可能性にしがみつきたい気持ちがあるのかもしれない。

有はチラと、日長の部下たちが解剖台に載せた遺体に目を向けた。

確かに、パジャマ姿で裸足《はだし》の男性の遺体が、ステンレスの解剖台に横たえられている。

「しかし、司法解剖に回されてくるということは、病死疑いではないと？」

「ないんですわ、これが」

日長は、事件の資料をまとめたバインダーから、ポラロイド写真を数枚引き抜き、有の前に並べる。それは、現場で撮影した写真だった。

「我々が現着したとき、ホトケさんは布団の上で行儀よう寝かされとったんですがね。身体に掛けられとったタオルケットを剝《は》いだところ、これで」

そう言いながら日長が有のほうへ押しやったのは、布団の上に寝かされた遺体の首から顎《あご》にかけての写真だった。

「あー」

有の後ろから覗《のぞ》き込んだ中野が、したり顔で声を上げる。有も、軽く眉《まゆ》をひそめた。

遺体の頸部《けいぶ》、しかも顎のすぐ下の部分に、うっすらと赤い筋のようなものが見えている。

「ほんまは首吊《くびつ》り、ですか」

　またしても有に先駆けてそう言った中野を、日長は出しゃばるなと言いたげにギョロ目で軽く睨《にら》みつつ頷いた。

「吊ったんか絞めたんか、とにかく、ホトケさんが死亡後、家族が死因を偽装しようとした疑いが生じましてな。全員がだんまりなんで署で話を聞きつつ、ホトケさんはこっちへ運ばなあかんことになりました」

「何か、自殺なり殺人なりを示唆するような状況が？」

　有はペンを走らせながら、冷静に問いかける。日長は広い肩をそびやかした。

「どうも、死んだ嫁はんが工場の経理を担当しとったらしゅうて、上手《うま》いこと財布《さいふ》の紐《ひも》を締めとったんでしょうね。嫁はんの死後、旦那《だんな》が経理をやるようになって、だんだん経営状況が悪化していったようです。ほうぼうに借金をこさえて、倒産寸前の状態ですわ」

「なるほど」

「あと、従業員からの聞き取りでは、経営方針を巡って、ホトケさんと長男の仲がちょっとこじれとったっちゅう話もチラッと出とります。まだ、話をよう聞けてへんので、何ぞ情報があったら、随時、署から連絡が来ると思いますけども」

「わかりました」

メモを取り終え、有は立ち上がった。

鑑識員と中野により、写真撮影を何枚も行いつつ、まずは遺体の着衣を脱がせ、外表を検案しなくてはならない。

虎目が来るまでは書記を務める人員がいないので、ボイスレコーダーを複数台用いて、音声による記録を取ることにする。

「身長と体重はホワイトボードに書いときました。ほんで、温度計、はい」

中野がカメラを首から提げたままやってきて、遺体の直腸に挿入しておいた温度計を引き抜いて有に差し出す。

いつもながら、二、三人に分裂しているのではないかと疑いたくなる中野の素早さに感服しつつ、有は温度計の目盛を読んだ。

「現在、午前九時五十三分、直腸温は二十五度」

日長は、有の視線を受け、書類を開いて求められている数値を読み上げる。

「午前八時十五分、現着した我々が計測したときの直腸温は、二十七・二度ですわ」

「うーん、ぼちぼち体温の低下が鈍うなるあたりですけど、それやと推定される死亡時刻は……」

「昨日の、午後十時頃。死後十二時間程度経過したものと考えられる、とひとまずしておこう」

中野の言葉を遮って、有は録音にしっかり残るよう、彼にしては声を張り上げて言った。

「ですやんね。死後九時間くらいで、家族に発見されたわけか」

「まあ、それは他の所見を見てから考えよう」

そう言って、有は遺体の顎に手をかけた。死後硬直を見るためである。

人間が死ぬと、関節を取り囲む筋肉が硬直を始めるので、全身の関節が順番に強張《こわば》り、動かしにくくなる。どの関節がどの程度硬直しているか、あるいは時間の経過と共に緩《かん》解《かい》しているかを知ることで、死後経過時間を別の角度から推定することができるのだ。

「ふむ。死後硬直は全身で高度に認められる。つまり、死後十二時間程度という直腸温からの見立てと矛盾しないな」

「ってことは、あとは死斑《しはん》っすね。ありょ？」

全裸となった遺体の全身をあらためて眺めた中野は、首を捻《ひね》った。

同様に、遺体の頭からつま先に向けて観察した有の目が、静かな興奮に光を帯びる。

「これは」

日長は、「気付いたか」と言いたげに、ニヤッと笑って立ち上がった。

「背中、返しましょか、先生」

「お願いします」

有の声には、微《かす》かに熱が籠《こ》もっている。日長はゴム手袋を素早くはめると、視線で部下を一人呼び、二人がかりで遺体を横向けにして、背面を有のほうに露出させた。

ああ、と微かな溜《た》め息と共に、ある言葉が有の口から漏れる。

「久しぶりに見た。両側性死斑だ」

「俺、実物見るの初めてですわ。こら、講義用に写真バチバチに撮らなあきませんね」

「私も、お願いします！」

まだ若い女性鑑識員も、思わず弾んだ声を上げた。

彼らが揃って興奮するには、理由がある。

そもそも死斑というのは、すなわち血液就下《しゅうか》……人間が死んで心臓の拍動が止まると、自動的に血液の循環も停止する。

すると、血管の中に閉じこめられた血液は、重力に引っ張られて、身体の低いほうへと徐々に移動していく。

身体の高いほうは血液が空っぽになるので、皮膚は青白く見える。

一方で、身体の低い部位では、血管に血液が大量に充満するので、皮膚が赤らんで見える。しかし、最初のうちは、血管の中に血液が留《とど》まっているので、圧迫すると血液が移動し、その部分だけが白っぽくなる。

ところがさらに時間が経過して、血管の組織が死んでしまうと、そこから血液が漏れ出して、赤い色素が皮下の柔らかな組織に染み込んでいく。そうなると、いくら圧迫しても、もう色が褪《あ》せることはない。

こうして、死斑の色調と共に出現部位、圧迫による退色の有無などを観察することで、これまた死後経過時間を推定することが可能なのだ。

そこで、有が先刻口にした「両側性死斑」という言葉が生きてくる。

それは、ちょうど死後七〜八時間ほど経過した頃に遺体の体位を変更すると発生する、特異的な現象なのだ。

ちょうどその時間帯、血管壁が崩壊し、少しずつ血液の漏出が始まる。そのときに遺体の体位を変更すると、血管内にまだ残っている血液は、新たに身体の低い場所へと移動し、新しい死斑を形成する。

かたや、早々と血管外に漏れた血液は、既に元の場所の皮下組織に染み込んでしまっているため、元の死斑も消えずに残る。

ゆえに、新旧の死斑が現れるその状態を、「両側性死斑」と呼ぶのである。

遺体の保定を部下に任せ、こちらに歩み寄ってきた日長と、有は向き合った。

「つまり？」

日長は生徒を試す教師のような尊大な口調で問いかける。有は顰《しか》めっ面で、それでも素直に答えた。

「つまり、この人が昨日の午後十時頃亡くなったことは、おそらく確実です。しかし、家族の供述にあったように、布団の上で亡くなっていたというのは、疑わしい」

「ふむ」

「死後、本当にずっと布団に仰向《あおむ》けで横たわっていたならば、死斑は背面にのみ発現していたはずです。しかし、遺体の背面にもやや弱い死斑がある一方で……」

有の指が、遺体の背中部分から、ゆっくりと肘《ひじ》のあたり、それから膝のあたりへと移動していく。

「肘から先、そして膝から下に、それぞれ長い手袋や靴下を着けたように死斑が存在する。これは……」

有はホワイトボードの前に行くと、マーカーのキャップを外し、あまり絵心はないが、まずまずわかりやすい図を描き始めた。

「この後、もっと厳密に検案しますが、頸部《けいぶ》の赤い線状の損傷は、索条痕《こん》です。しかも、顎《あご》の下から耳の後ろを通り、後頭部へと向かっている。これは絞殺ではなく、縊《い》頸《けい》と考えるべきだ」

「首絞めやのうて、首吊りのほうですな」

思ったとおりと言いたげな口ぶりの日長に、有は口角を少しだけ上げて同意する。

「そうです。この方が自宅のどこかで首を吊って亡くなっているのをご家族が発見し、慌てて下ろしたんでしょう。そして、ご遺体を布団に寝かせた。それが偶然、死後八時間程度のことだったので、両側性死斑が出てしまった」

「すげー。人体すげえわ。刑事ドラマみたいなことになっとる」

何枚も角度を変えて写真を撮りつつ、中野は弾んだ声を上げた。

一般的には決して喜ぶようなことではないのだが、これは不謹慎というより、職業的な熱意が引き起こす高揚で、ある意味、職務に真摯《しんし》であればこそなのだろう。

　意識して冷静であろうとしている有でさえ、いつもより早口になってしまっている。

「おそらく、発見直後は、頸部の索条痕も索条物を外したばかりで乾燥しておらず、傷が今より目立たなかったはずです。これは憶測ですが……縊頸で亡くなったことを隠そうと、ご家族が相談なさったのではないでしょうか。病死を偽装するため、布団の上で亡くなっていたと通報された。その相談に時間がかかり、通報が遅くなったのではないかと」

　ひと息にそう言ってしまってから、有はしまったという顔つきになった。

「すみません、法医学者がしなくていい推測までしてしまいました」

「いや、面白かったからええです。先生も、そない張り切ることがあるんやな。珍しいもんを見た」

　ついタメ口で正直な感想を漏らした日長は、ニヤニヤして無精ひげが生えた顎を撫《な》でた。

「ほな、偽装はほぼ確実ですか」

　そう念を押され、有は遺体に再び近づくと、臀部《でんぶ》に手をかけ、押し開くようにした。

「よく見ると、脱糞《だっぷん》が会陰《えいん》部に僅《わず》かに付着しています。失禁や脱糞は、窒息死の際にはよくある所見です」

「お。そら気付かんかったですな。ああ、確かにちょい臭いますわ」

「ですが、先ほど遺体から脱がせたパジャマや下着には、便の漏出はありませんでした。おそらく、死亡時に着ていた衣服を脱がせ、漏れた便を拭《ふ》き取り、新しい下着とパジャマを着せたんでしょう。会陰部に付着した便は、拭きにくい場所ですし、股関節の死後硬直にも阻まれて、残ってしまったものかと。中野君、これも撮影と、検体採取を」

「かしこまり！」

虎目がいないので、中野は実にカジュアルな返事をする。

「なるほどな！　これはさすがや」

日長はようやく率直に感心して、大きな手をポンと打った。

「そら、俺が考えてへんことでしたわ。お見それしました」

本気半分、からかい半分の賛辞に、有はムスッとした顔になる。それを面白そうに見《み》遣《や》り、日長は部下に声を掛けた。

「先生の話、聞いとったやろ。現場におる奴等と、署で事情聴取しとる奴等に教えたれ。仕事がはかどる、ありがたーい情報や」

「了解しましたっ！」

若い警察官は、すぐさまスマートホンを手に外へ出ていく。

「ほんなら、あとは窒息死の所見を取ってもろたらＯＫやな」

「……そう決めつけるのはよくない。僕は先入観なく、最後まで解剖をやる」

日長に耳打ちされて、有は真面目くさった小声ですぐさま反論する。

「へいへい。法医学者様は、仕事を急がんからなあ。俺らと違うて」

日長は小さく両手を挙げ、降参のポーズをしてから、いつもは聞き耳を立てる中野が撮影に没頭しているのを確かめて、有にしゃがれた囁《ささや》き声で言った。

「それはそうと、『例の件』で、ちょいと相談がある。解剖の後、少し時間を貰《もら》えるか」

例の件、と聞いて、有の顔が瞬時に引き締まる。

「わかった。だが、今は目の前のご遺体に集中しよう」

雑念を払うように首を振り、有は遺体に向き直る。そのタイミングを見定めたように、解剖室に入ってきたのは、虎目教授だった。

「いや、申し訳ない。さすがに、奥歯に大穴があいたままでは食事もままならなくてね。歯医者に朝一番で塞《ふさ》いでもらってきたよ」

本当に済まなそうにそう言いながら入って来た虎目に、日長はさっきまでとは打って変わって恭しい態度で深く一礼する。

「お疲れ様です！　虫歯ですか」

「昔のね。まだ入れ歯じゃなかったのかと言ってもいいんだよ」

そんな虎目の言葉に噴き出したのは、カメラを構えたままの中野である。

「それ、やっぱし言うてええんやん！」

解剖室の中で、その台詞《せりふ》の意味が唯一わかる有までつられて笑いかけたが、場所が場所だけに、危ういところで唇を引き結ぶ。

「ああ、そのまま、杉石先生主導で解剖を進めてください。今日は、わたしが書記をしよう。まだ麻酔が効いていてね、喋《しゃべ》るのが一苦労なんだ」

確かに、いつもよりやや不明瞭《ふめいりょう》な口調でそう言って、虎目はボイスレコーダーを止めて片隅に移動させ、書記席に着く。

「では、撮影が終わり次第、頭部顔面から所見を取ります」

そう宣言して、有は気合いを入れ直し、解剖道具置き場から、ピンセットとステンレスの物差しを取り上げた……。

2

「では、わたしは書類を作りにセミナー室に上がります。お先に」

そんな虎目の言葉に、解剖室のほうぼうから、「お疲れ様でした！」の声がかかる。

柔和な笑みを残して虎目が退室すると、解剖室の雰囲気が目に見えて緩むのが、有にはハッキリと感じられた。

常に紳士的で、圧力という言葉からもっとも遠いところにいる虎目だが、それでも自然と身に備わった静かな威厳のようなものが、解剖室の空気を適度に引きしめていたのだろう。

（そういうのが、上に立つ人に必要な要素なのかもしれない。僕なんかは、いくら歳を取ってもああはなれないだろうな）

有は解剖を終えた遺体に、いったん摘出して調べ終えた臓器をひとつひとつガーゼに包んで戻しつつ、そんなことを考えた。

法医学の世界は常に人材不足なので、他科に比べると否応《いやおう》なく出世が早い。

もうじき、有は三十五歳になる。このまま法医学教室に在籍し続けていれば、虎目の定年退職を待たず、空席が発生した他大学の教授に推薦される日が、そう遠からず来るだろう。

(人を導くことなど、僕にはできそうにないんだがな。そんな話が持ち上がったとき、どうやれば、虎目先生の顔に泥を塗らないように断れるのだろう)

とりとめのないことを考えながら手を動かしていると、虎目を見送るべくいったん外に出ていた日長刑事が、スマートホンを片手に持って戻ってきた。

「署に電話して、事情聴取の様子を聞いてみました。先生の見立てをもとに、ホトケさんの母親と長男を揺さぶったところ、あっさりゲロしましたわ。別々に取った供述が一致したんで、このまま片付きそうです」

体液が決して外に漏れ出さないよう、また、解剖前と遺体の体型が極力変わらないように、ちぎった脱脂綿を腹腔《ふくこう》の空き場所に入れ込む細やかな作業をしながら、有は日長をチラと見た。

「やはり、この方の自殺を隠蔽《いんぺい》しようとした?」

日長は頷《うなず》き、有が作業を続けながら会話をしやすいよう、遺体を挟んで反対側へ移動した。

「午前五時過ぎ、自室で寝ていた長男がたまさか早う目ぇ覚まして、窓を開けたところ、目の前の板金工場に、消えとるはずの灯《あか》りが一つ、点《つ》いとるのに気づいたそうで。物盗《ものと》りが入ったかと思うて、物置から高校時代に使《つこ》うとった金属バットを探し出し、それを提げて見にいったそうです。そうしたら、工場の鉄骨に紐《ひも》を掛けて、父親が首を吊《つ》っておったと」

「それは、また」

　気の毒そうな顔になった有に、日長も顰《しか》めっ面で同意する。

「慌ててすぐに床に下ろしたものの、親父さんはもう事切れとった。すぐに手ぶらで駆けつけとったら助けられたやろかと、本人は金属バットを探したことを悔やんどります。仕事では対立することが多かったようですが、親子の情はあったんでしょうな」

「お父さんはもっと早くに亡くなっているので、その後悔だけは消してあげられそうですが……。自殺の原因に心当たりは？」

「俺らに隠しとった遺書があるそうです。やはり、原因は工場の経営悪化です。長男の進言を聞き入れんかったからこうなった、責任を取る、あとは好きにしてくれ……っちゅう文面やったそうで。今、部下が再びホトケの家に遺書を探しに行っとります」

「それは……ご長男にとってはつらい遺書だな」

　自分の発言がもとで、他人を死に至らしめてしまった経験を持つ有だけに、どうしても長男の心情を思いやってしまう。

　日長は微妙な困惑顔になったが、敢《あ》えてそこには触れずに会話を続けた。

「そこで正直に俺らを呼んでくれたらええもんを、どないしようて家族を集めて相談したせいで、司法解剖にまでなってしもたわけですわ」

「一家の大黒柱が首吊ったら世間体が悪いから、布団に寝かして病死って言い張ろうとしたんですか？」

有が解剖中に採取した臓器片や血液、尿といったサンプルの保存容器を集めながら、中野が口を挟む。

日長は煩わしそうに片目を細めたが、無愛想に「金や」と言った。

「金？　首吊っても病気で死んでも、べつに金にはならんでしょ」

臓器片とたっぷりのホルマリンを入れた円筒形の密封容器の蓋《ふた》と側面にラベルシールをペタリと貼って、中野は不思議そうな顔をする。

しかし有は、陰鬱《いんうつ》な顔で小さく嘆息した。

「保険金ですか」

日長も苦々しげに頷く。

「ホトケさんの母親が、『自殺では保険金が一銭も出ん。病気で死んだことにできたら、工場を畳むにしても、社員らの退職金くらいにはなるやろ』て、そう言い出したそうですわ。歳取ると、金の匂いには敏感になるもんなんですかな。息子が首吊ったばっかりで、ようそないなことをがっつり考えれるもんや」

「ほえー、保険金詐欺！」

中野の感心しきりの声を無視して、日長は説明を続けた。

「ほんでまあ、その提案を子供らが受け入れたんですわな。ホトケさんを三人がかりで家に運び込んで、着替えさして、布団に寝かして、お互いがどういう話するか擦り合わして……で、時間が経ってしもたと」

　そこで言葉を切った日長は、遺体の頸部《けいぶ》を指さした。

「パジャマの襟を引き上げて、布団を顎まで着せ掛けたら、索条痕《こん》が見えんようになるん違うかとか、あれこれ工夫したようです。そやけどまあ、所詮《しょせん》は素人の浅知恵や。通報で駆けつけた救急隊があっさり見つけてアレって思うたっちゅうわけですわ」

「あー、金かあ。金は大事ですもんね。金がすべてやないて言うけど、たいていは金でなんとかなるもんやし。人生、八割は金や」

　そんな浅いのか深いのかわからないコメントを残し、中野はサンプル容器を満載したステンレスの深いバットを抱えて解剖室を出ていく。ホルマリン液に投入した組織片はともかく、それ以外の生体サンプルは常温ではどんどん傷んでいくので、いち早く適切な温度環境で保存する必要があるのだ。

　少し離れた場所で片付けをしている部下たちをチラと見てから、日長は解剖台の端に手を掛け、遺体ごしに有のほうにぐっと身を乗り出した。

「さっきのことやけどな。俺、この件でいっぺん署に戻らんならんようになったから、いっそ、夕方からでもええやろうか」

　有は手を止めず、低い声で答える。

「新しく解剖が入らない限りは大丈夫だ」

「よっしゃ。その頃、スマホに連絡するわ。あかんかったら、また日を改める」

そう言うなり、日長はスッと離れていく。塗り壁を思わせるほどの巨体でありながら、その気になればスッと気配を消せるあたりが、さすが現役の刑事である。

「ほな、ちょっと虎目教授のところへ行ってくるわな。杉石先生、どうもお世話んなりました。失礼します」

さっきのタメ口はどこへやら、今度は大声で礼儀正しく挨拶《あいさつ》をして、日長は大股《おおまた》に解剖室を出ていく。

（よくもあんな風に、公私を上手《うま》く切り替えられるものだ。警察組織にいると、そういうことが上手になるんだろうか）

感心しながら、有はいよいよ解剖の締め括《くく》りとなる遺体の縫合に取りかかった。まずは頭部を、それから、顎の直下から下腹部まで続く長い切開線を縫い閉じていくのである。

頭部を縫い終え、次に下腹部から上に向かって縫っていくべく、新しい糸を太くて先端が曲がった縫合針に引っかけたところで、解剖室に中野が戻ってきた。

「どもども。おっ、人口密度がちょっと下がっとる」

解剖室の中を見回し、中野はへへっと笑った。

確かに、鑑識員や日長の部下たちはそれぞれの仕事をするべく解剖室から去り、今、ここに残っているのは、雑用をするべく居残った若手警察官ふたりだけだった。

「センセ、葬儀屋さんはあと二十分くらいで到着らしいです」

「わかった。それまでにご遺体を綺麗《きれい》に整える」

「うっす。ほな俺は、そろそろ」

「床掃除は、自分らがやらしてもらいます！」

居残りの警察官たちがそう申し出てくれたので、中野は彼らにホースと水切りワイパーを渡し、床の流し方をざっと教えてから、有の近くに戻ってきた。

「何ぞ手伝います？」

「いや、大丈夫だ」

「ほな、俺は洗いもんやな。残り作業には福がある……っと」

むしろ実験室より解剖室でのほうがテキパキ動いている気すらする中野は、使い終わった解剖器具をすべて解剖台の横にあるステンレスの深いシンクに集め、洗浄を始めた。あとでアルコール消毒、さらに一晩かけて紫外線で消毒を行うとはいえ、最初は台所用のスポンジと洗剤を使うという、なかなか庶民的な器具洗浄である。

解剖器具には、小さな組織片や血液などが付着していることがあるので、中野は、分解できる器具はバラバラにして一つずつ丁寧にスポンジで擦《こす》っていく。

有はそれを横目にチラと見ただけで、自分の作業を再開した。

司法解剖の基本的な手順は全国共通だろうが、細かいところは教室ごとに流儀が異なる。

解剖後の遺体の縫合についても、使う針や糸の太さ、縫合の方法など、おそらく細かい差異が存在するだろう。

有は虎目に解剖の手ほどきを受けたので、彼の流儀しか知らないが、虎目が穏和に、しかし厳しく執拗《しつよう》に繰り返す言葉は、「確実に、丁寧に、迅速に」である。

それは、有が法医学教室に入ったときから少しも変わらない、N医大法医学教室のモットーのようなものだ。

司法解剖は、異状死体の中でも特に犯罪の関与が疑われる遺体が対象となる。

しかもそれは、警察から嘱託され、裁判所の許可を得て、あくまでも遺体の死因を究明し、犯罪捜査に役立つ情報を得るために行うべきものだ。

つまり、司法解剖によって得られるデータは裁判資料になる可能性が高く、それだけに「確実性」が求められるのは当然のことである。

また、「迅速に」という言葉には、二つの意味がある。

ひとつは、司法解剖は、時間との戦いという側面がある。

人間が個体としての死を迎えた後、その人の身体を構成する組織、そしてその組織を形作る細胞のひとつひとつもまた、時間経過と共にゆるゆると死んでいく。

同時に、体内では、細菌が繁殖して腐敗を進行させていく。

たとえ低温環境で遺体を保存したとしても、そうした「死体現象」を遅らせる効果はあっても、完全に止めることはできない。

つまり、司法解剖が遅れたり、時間を掛けすぎたりすると、それだけ失われるデータが増える可能性がある。

もうひとつの意味は、「できるだけ早く、遺体を遺族に返せるように」ということだ。生きている患者に施す手術と違い、司法解剖を手放しで喜ぶ遺族はいない。たとえ死因究明を心から願っていても、大切な人の遺体にメスを入れられることに、心の痛みや罪悪感、ある種の憤りを感じる遺族は多いだろう。

「できるだけ早く、ご遺族のもとにご遺体をお返しできるように、もたもたしてはいけない。見落としがないように、それでいて極力手早く仕事ができるようになりなさい」

それが、有が今も忘れない、最初の司法解剖で虎目に貰《もら》ったアドバイスである。

そのとき、最後に遺体の縫合を二人でやりながら、虎目が付け加えた言葉が「丁寧に」だった。

司法解剖後、遺体は必ず葬儀会社の社員の手に委《ゆだ》ねられる。彼らの手によって装束を着せ付けられ、きちんと納棺されてから、遺体は遺族に戻される。葬儀会社の社員は、解剖時についた傷口が見えないように着付けを行うし、基本的に、遺族が装束を脱がせることはないだろう。

それでも虎目は、「万が一、遺族がご遺体を見ることがあっても、少なくとも『丁重に扱われた』と感じていただけるような縫合をしなさい」と有に言った。以来、何百体もの解剖に携わってきた有だが、こうして縫合針を持つたび、あの日の虎目の言葉が脳裏に甦《よみがえ》る。

臨床分野の手術ではあり得ない、下腹部から頸部までという恐ろしく距離の長い縫合だけに、最初の頃は左右がずれてきて、幾度も縫い直す羽目になったりした。

しかし今では、糸の引っ張り具合を微妙に変えることで、左右のバランスもきちんと取りながら縫い進めることができるようになった。

切開線をまたぐタトゥーの意匠を復元することにおいては、今では有のほうが虎目より上手なくらいだ。

今日も遺体の皮膚の弾力を確かめながら縫い進めていく有に、中野は器具を次から次へと洗い、ワゴンに敷いた清潔なタオルの上に並べながら話しかけた。

「センセ、あのクソデカ刑事とえらい仲良うなりはったんですね」

言うまでもなく、それは日長のことである。有は苦笑いで中野を窘《たしな》めた。

「クソデカ刑事は酷《ひど》いな」

「そやかて最初、あのオッサン、センセのことえらいクソミソに言うてましたやん。えらい剣幕で」

「それはまあ……。しかし、今はいい仕事仲間だよ」

「ふーん。ま、根っからの刑事バカ！　って感じの人ですもんね。あれ絶対、刑事になりとうて警察官になったクチなんやろな。刑事ドラマに憧《あこが》れてたりしたんかな。今度、訊《き》いてみよ。怒られたら逃げられるように安全距離とって」

自分の思いつきに楽しげに笑いながら、中野は有を見た。

「そう言うたら、センセは別に法医学教室に来とうて来たわけやないんでしょ。例の件があったから、臨床にはおられんようになって……でしょ？」

それぞれ刑事と医師として、別々の立場から宮入ソウスケの自殺にかかわり、十年のブランクを経てこの解剖室で再会した日長と有である。

そのとき、宮入ソウスケの死の原因を作ったも同然の有に対して、敵意にも似たネガティブな印象を持っていた日長は、有のことを悪し様に罵《ののし》った。

その異様な態度から、有の過去に興味を持った中野は、インターネットで宮入ソウスケの件を知ってしまった。

だからといって、有に対する態度を少しも変えないところが中野の中野たるゆえんなのだが、一方で、こんな風に躊躇《ためら》いなく有の心に踏み込んでくることがあって、そのたび有は困惑させられる。

「それを否定するわけじゃないが、今は、ここで働けることを嬉《うれ》しく思っているよ」

「嬉しく？　嬉しい楽しい大好き？」

「決して……楽しくは、ない」

「ま、それもそうか。大好きもちょっと言いにくいですやんね。けど、そっか。センセ、あんまし楽しそうな顔せんから、法医の仕事、まだ嫌々やってはんのかと思ってました。好きでやってはんのやったら、よかった」

またクスッと笑って、中野はこう言った。

「そう言うたら、話したことなかったですやんね。俺は、ここには来たくて来たんですよ」

中野は、有がいつも細かい部位を切開するのに使うハサミを二つに分解しながら言った。

有は、少し驚いて針を持つ手を止めた。

「ここ、というのは、N医大のことか？　それとも、法医学教室？」

「大きな声では言われへんのですけど……て、大きい声で言う必要もあれへんか、俺ら横並びでおるんですもんね」

ははっと軽く笑って、中野は呑気《のんき》な口調で打ち明けた。

「N医大かどうかはどうでもよかったです。法医学教室が本命っすね」

「そうだったのか」

「そうやったんですよ、実は」

ハサミを分解したままタオルの上に並べ、中野は次にピンセットを手にした。

「センセ、臨床検査技師て、どないしてなるんか知ってはります？」

有は、縫合を再開して、すまなそうに謝った。

「申し訳ない、考えたこともなかった」

「でしょうね。関係あれへんですもんね、しゃーないです。高校出てから、大学行くか、専門学校行くか、どっちかなんですわ。俺、専門学校にしたんです。大学は四年かかるんですけど、専門学校やったら三年でいけるから」

「なるほど、一年の差は大きいな」

有は納得した様子で頷《うなず》く。しかし中野は、苦笑いでこう言った。

「俺も単純にそう思っとったんですよ。大学出たら学士になれるっちゅうメリットはあるけど、そんなもん、かっこええだけで意味ないやろ、とかね」

「他にも何か差が？」

「まあ、考えようですけどね。専門学校は潰《つぶ》しがきかんっちゅうか、途中で向いてへんな〜と思うても、進路変更がそない簡単やない。同じ学校やら系列校やらに他の学科があったらまあ、そこは移れるかもしれへんけど」

「確かに、大学なら学科変更はある程度可能だったはずだな」

「そうなんですわ。あと、大学やったら、在学中に取れる他の資格もありますし、研究職なんかには、やっぱし学士持っとるほうが採用されやすいみたいですしね」

「なるほど。余分の一年には、それなりに意味があるということか」

「そうそう。ま、俺は早《はよ》う資格とって就職して、親に借金返さなと思うてましたから、専門学校で正解やったんですけどね」

「親に、借金？　仕送りではなく？」

有の疑問に、中野は大袈裟《おおげさ》に肩を竦《すく》めた。

「高校までの学費はともかく、そっから先は、もう親の仕事違うでしょ。手に職つける金は自分で払う～とか、イキッたこと考えてました」

「偉いな」

「でしょー？　そのつもりで高校時代はバイトに勤《いそ》しんどったんですけど、専門学校の学費、俺が思うてたのの三倍高くて。赤い彗星《すいせい》かっちゅうねん」

当時の驚きを思い出したのか、中野の声のトーンがぐんと高くなる。有は、曖昧《あいまい》に首を傾げた。

「最後のたとえは、すまない、ちょっとわからないな。とにかく授業料が高価だったんだな。医学部も大概だが」

「医学部に比べたら屁《へ》みたいなもんかもしれへんですけど、とにかく驚きの高さで、高校生のバイトくらいではとてもとても。そやけど親が、『一生食える資格が取れるんやったら、頑張り』て言うてくれて、学費、捻《ひね》り出してくれたんですわ」

中野はピンセットを次から次へと洗いながら、ちょっとはにかんだ笑みを浮かべた。

「親父のヘソクリや、とか言うてましたけど、絶対あれ、親の老後の貯金を崩してくれたんやと思うんです。そやないと、普通のサラリーマン家庭で、そないな大金がポンと出るわけあれへん。借金も簡単にはできへんやろし」

そうかもしれないと言う代わりに、有は眼鏡の奥の目をゆっくり瞬《しばたた》かせる。

「まあそれはともかく、俺らの就活って、最終学年の春から始まって、秋にはほぼ終わるんですよ」

それを聞いて、有は眉《まゆ》を軽くひそめる。

「最終学年の春から？　しかし、臨床検査技師になるには、国家試験に合格しなくてはならないだろう？」

「そうそう。そやから、合格する前提で就職決めるんですわ」

「ということは、万が一のときは……」

「国試に落ちたら、就職もパー。また就活からやり直しです。現役より確実に選択肢減りますし、まあ厳しいっす」

「本当だな」

有は真顔で相づちを打つ。

「でね、俺、春からせっせと求人情報チェックして、いくつか応募してみたんですけど、どれもあかんくて。ええ加減焦っとった七月頃に、ひょいっと出たんですよ。ここの求人が」

「ああ……、ちょうど、君の前任の技師さんが定年を迎えるタイミングだったな。僕が新人時代、色々と教えていただいた。彼の最後の数年をご一緒できたことは、ラッキーだったよ」

有は、長らく会っていない先代の臨床検査技師の実直そうな顔を思い出し、口元を緩める。

「俺も、引き継ぎんとき、あの人にはめっちゃ親切に教えてもらいましたわ、あれこれ。まあ、そんな絶好のタイミングで出た求人やったんで、文字どおり飛びつきました。事務の人に、この求人、もう引っ込めてください言うて、他の奴の目ぇにつかんようにして」

「そこまで？」

有は驚いて、思わず少し大きな声を出してしまう。中野は照れ笑いで頷いた。

「そこまで。採用してもらえたときには、嬉しかったなあ。就職できたことだけやのうて、法医学教室に入れたんが嬉しゅうてたまらんかったです。死んでも国試には落ちへんぞって思ってました」

「一発合格でよかったよ」

有の実感のこもった言葉に、中野も真顔になって同意する。

「ホンマですよ。落ちてチャンスをふいにしとったら、一生悔やむとこや。……俺、昔から警察もんのドラマとか好きやったんです。そやから、自分が事件の捜査にかかわる仕事ができると思うたら、ワクワクしてしもて」

「そうだったのか」

「そうやったんです。こうやって解剖室で手伝いができるんも、正直嬉しいです。嬉しい楽しい大好き、です。ホンマんとこは」

「……あ、ああ」

さすがに、遺体を前にしている以上、「それはよかった」とは言いかねて、有は微妙な反応をする。

そんな有を面白そうに横目で見やり、中野はしみじみした口調で言った。

「まあ、ただの臨床検査技師が、解剖室でこない忙しゅう働く羽目になるとは思わんかったですけど、それもまた好きやから楽し、ですわ。そやから俺、センセもここでの仕事が好きやて聞いて、ホッとしました」

「中野君……」

「最近、センセ、だいぶ人間らしゅうなって、ええ感じですよ」

人間らしい、という何とも微妙な評価を受けて、有は思わず顔をしかめる。

「以前から人間だったつもりだが」

「それ。そういう返しができるようになりましたやん。前よりよう喋《しゃべ》るようになったし、ちょっと喜怒哀楽がハッキリしてきた気ぃするし、今、けっこうヒューマンですよ、センセ」

そう言ってちょっと嫌な顔で笑った中野は、手術着の肘《ひじ》で有の脇腹を小突いた。

「もしかして、彼女とかできたん違います？」

有は再び手を止め、思いきり嫌そうな顔で中野を睨《にら》む。

「そういうんじゃない。というか、ご遺体の前だぞ」

「おっと、失礼しました」

中野はたいして反省した様子もなく、ご遺体に向かってピンセットを持ったまま無精な合掌をしてみせる。

「ほな、猫か何かっすかね。最近、やたらいそいそ帰るし。絶対、なんか家に来たでしょ。あっ、散歩が必要な犬？　それかハムスター？　イグアナ？」

「……そのどれでもない。いいから仕事をしよう」

有は切り口上でそう言った。経験上、これ以上突っ込んでも何も収穫がなさそうだと判断したらしき中野は「へーい」と適当な返事をして口を噤《つぐ》む。

そのまま二人は、しばらく無言でそれぞれの作業を続けた。中野はときおりチラチラと有を見たが、有は、遺体の縫合に意識を集中して、中野の存在など忘れてしまったようだった。

だが、オトガイで一部のズレもなく縫合を終え、糸を切った有は、器具の洗浄を終え、遺体を足元から清拭《せいしき》し始めていた中野を見て、こう言った。

「その……気に掛けてくれたことは、感謝している」

「！」

驚いた様子で濡《ぬ》れタオルを持ったまま軽くのけぞった中野は、一瞬おいて「どういたしまして」と言い、満面の笑みを浮かべた……。

＊　＊

その日の午後六時過ぎ。

有の姿は、ＪＲ神戸駅の構内、フードテラス内にある「エスタシオンカフェ神戸」にあった。

以前は、幾度か仕事帰りに立ち寄り、コーヒーや軽食を摂《と》りながら本や文献を読んだりしたことがあったが、シリカが来てからは、とんと縁遠くなった場所である。

明るい店内には、白木のテーブルと、シンプルなデザインのベージュやライトグレー系の椅子が並べられ、若干の北欧テイストを感じる設《しつら》えである。

夕方だけあって席は混み合っていたが、壁際のテーブルに、店の雰囲気から浮きまくった日長刑事の姿を見つけ、有は急いでそちらへ向かった。

「おう、先生。悪いな、呼び出して」

「いや」

日長はいかつい顔を歪《ゆが》めるように笑い、向かいの席を太い指で指した。

「なんや、手ぶらか？　直帰違うんか」

解剖室での礼儀正しい言葉使いはどこへやら、すっかりフランクな口調である。

どちらかといえば敬語のほうが使っていて楽な有だが、日長にとっては、タメ口はある意味、親愛の情に似たものがあるらしい。有としても、頑張ってタメ口を心がけざるを得ない。

「ちょうど、一時間後に分析結果が出るサンプルがあってね。どうせ遅くなるなら、結果を読んで帰ろうと思う」

「はー、なるほど。そやけど、ええんか？　あの、様子のおかしな兄ちゃん、引き取って一緒に住んでるんやろ？」

日長の言う「様子のおかしな兄ちゃん」というのは、疑う余地もなくシリカのことである。

有は、ちょっと顔をしかめて異議を唱えた。

「引き取って、というような歳ではないよ」

「そやけど、言動はガキみたいやったやろ。だいぶアレや、遅れとるん違うんか？」

自分の頭を指さして見せる日長の仕草に、有の眉間《みけん》には深い縦皺《たてじわ》が刻まれる。

「そういう言い方はよしてほしい。僕もまだ、彼について多くを知ることはできずにいるが、まっとうな生活環境で育ってこなかったことは想像に難くない。だが、彼は日々、学び続けている。シリカが望むなら、取り戻し、追いついていけるはずだ」

「はーん。まあ、追いつけたらええな」

有が気を悪くしていることに気付いていないはずはないが、敢《あ》えてそれを無視して、日長はメニューを有に差し出した。

「何ぞ頼みや。ここは俺の奢《おご》りやから、好きに飲み食いしてくれてもええで」

そう言われて初めて、有は、日長の前にある飲み物がクリームソーダであることに気づき、酢を飲まされたような表情になった。

「日長さん、それは」

すると日長は、大真面目な顔で答えた。

「ミックスジュースと迷ったんやけどな。クリームソーダを久しゅう飲んどらんと思うて。先生もアレやったら同じもんを頼んでええで」

「……甘党だったのか」

「酒も甘いもんも、どっちもいける。クリームソーダは、ガキの頃から好きやねん」

「なる、ほど」

顔も身体も最高クラスにごつい中年男が、猫背気味になってストローに口をつけるさまは、有に、はちみつをなめる熊を連想させる。

さっき、シリカを馬鹿にされて苛立《いらだ》った気持ちを宥《なだ》められた心持ちで、有は通り掛かった店員にロイヤルミルクティーを注文した。

「なんや、やっぱしお医者の先生は、飲み物《もん》もお上品やな」

「そんなことはない。それより……例の連続殺人を疑っている事件のことだな？」

「おう、そやねん」

頷《うなず》いて、日長は傍らに置いてあった、今どき見ないような昭和感のあるビジネスバッグから、クリアファイルに入れた書類を取り出した。

三ヶ月前、有が日長と再会することとなった司法解剖についての資料である。

火災現場の住宅から発見された、その家の住人である男性の遺体を解剖した有は、死因を焼死と断定した。

ただし、胸部には焼死の寸前に受けたとおぼしき、十分に致命傷となりうる銃創が発見され、刑事たちは色めき立った。

特に日長は、「犯人が被害者に拳銃《けんじゅう》で致命傷を与え、現場に残った何らかの物証を隠滅するため、住宅に放火し、銃器を持って逃走した」と推測した。

そして、その手際の良さから、犯人が同様のパターンで殺人を重ねているのではないかと疑い、似たような「被害者を銃撃後に放火」という事件の資料を集め、彼なりに分析を始めた。

そして彼はついに、大阪府、京都府、奈良県で一例ずつ、同様の犯行パターン、しかも銃弾の形状が類似した事案をピックアップし、それらについてさらに詳細に検証を進めることにした。

しかし……。

「確か、京都と奈良の事件は既に自殺として片付けられていたと……」

有にそう言われて、日長は渋い顔で頷いた。

「そや。しかも、銃弾はもう処分されとった。前に言うたやろ。拳銃から射出されるとき、銃弾には擦《こす》れて傷がつく。線条痕《こん》や。拳銃によって、線条痕は筋の入り方が違うねん。そやから、同じ線条痕がついとったら、同じ拳銃が使われたっちゅう証拠になんねんけどな」

「ふむ。銃弾の写真は？」

「あるにはあってんけどな、科捜研曰《いわ》く、線条痕を調べるには、写真一枚ではちょっと信頼性が低いっちゅう話やった」

「なるほど。大阪の事件は？」

日長はニッと笑って、クリアファイルから写真を取り出した。

「ちょうど、一年前の事件やから、どうかと思うたんやけどな。さすが大阪府警、ちゃんと置いとってくれたわ。その弾丸と、先生が手がけた事件で摘出してくれた弾丸の線条痕が、ほぼ一致した。科捜研の知り合いに、個人的にこっそり頼んだ照合なんで、時間がかかってしもたけど」

「本当に？」

有は思わず声のトーンを上げかけて、慌てて口を押さえた。

ちょうど店員がロイヤルミルクティーを運んで来て、有の前に置き、伝票を置いて去っていく。

隣のテーブルは幸い空席だが、有は努めて声を抑えて日長に問いかけた。

「ということは、大阪の事件と、僕が担当した三ヶ月前の事件は、同一犯による犯行の可能性がある？」

　日長は大きく頷く。

「そや」

「だったら、日長さんの上司も、本格的に捜査に乗り出してくれるだろう。こんなところで、僕とコソコソ会って話す必要はないんじゃないのか？」

　有の疑問はもっともだったが、日長は肉厚の手を投げやりにヒラヒラさせた。

「まだや。上司の横川係長は慎重でな。広域捜査に持ち込んで、いざ勘違いでした、みたいなことになったら、出世がパーやろ。どっちか言うたら、要らんことすな、他にもっとやることがあるやろっちゅう姿勢や」

「線条痕が一致しただけでは足りないのか？」

「足りん足りん。変形した銃弾で調べとるからな。確実性は落ちる。上司を動かすには、あとひと押し、何ぞでかい要素が必要やねん」

　有はロイヤルミルクティーに砂糖を入れ、スプーンでゆっくりと混ぜながら首を傾げる。

「大きな要素とは、何があるだろう」

「それを先生に一緒に考えてほしくてな。この三ヶ月、何度か先生と解剖室で一緒になったけど、先生は見落としそうなもんを見つけるんが上手《うま》い。今日もそうやったやろ。あんな米粒みたいな糞《くそ》のかけらが、キンタマの奥に貼り付いとるんなんぞ、よう見つけたもんや」

「……声をもう少し落としてくれ。他のお客さんが聞いたらどうする」

「十分落としとる。心配すんな」

焦る有を面白そうに見て、日長はバッグから、ビニール袋を引っ張り出した。中には、表面が酷《ひど》く煤《すす》け、一部が焼け焦げた小さなポーチが入っている。

「これは？」

目の前に置かれたポーチを、有は訝《いぶか》しげにビニール袋越しに見た。

日長は、クリームソーダの上に浮かべられたバニラアイスクリームを、ソーダの中にとかし込みながら言った。

「大阪府の事件は、無職の爺《じい》さんが自宅アパートで射たれて、やっぱしその後に放火されたっちゅう奴や。アパートは全焼やったんやけどな、爺さんがうつ伏せに倒れとって、畳と身体の間に挟まれたこのポーチは、奇跡的に焼け残った。またご丁寧に、片手でしっかり腹に押し当てとったそうや」

「それは……もしや銃撃後、しばらく生きていた被害者が、意図して焼けないようみずからの身体で守ったということか？」

勢いよくクリームソーダをストローで吸い上げてから、日長は同意する。

「その可能性がある。ただ、これが身寄りのない爺さんでな。ポーチの中にも特に金目のもんは入ってへんかったっちゅうことで、正直、捜査もまあ、さほど気合いは入ってへんわけや」

「警察も、他の案件で忙しいんだろうな」

「そゆこっちゃな。あと、たまさか担当刑事が俺の同期でな。頼み込んだら、こっそり貸してくれた」

「……いいのか、そういうことをしても」

「アカン。やる気はのうても、一応、大事な証拠物件やからな」

「だろうな」

呆《あき》れ顔になった有だが、日長の次の一言で、表情は一変することになる。

「そやから、絶対なくさんといてくれや」

「は？」

「これを、先生に託す」

そう言って、日長はポーチの入ったビニール袋を、さらに有のほうへ押しやる。

有は顔を引きつらせて、それを拒もうとした。

「そんな重要な証拠物件を、令状もなく僕が預かるわけには」

「そら、しゃーない。まだ、非公式にコソコソ調べとるんやから」

「だからといって」

「所轄が見ても、俺が見ても、そない大事なもんが入っとるように思われへんのや。そやけど、目の付け所が違う先生が見たら、何ぞ見つけてくれるかもしれん。いっぺん、家に持ち帰って、じっくり見てみてくれへんか？　あ、触るときは手袋を頼む。そんだけ忘れんといてくれたら……あ、なんか手ぇ加えるときは、必ず写真を撮って……」

「いや、僕は引き受けていないぞ」

それでも渋る有に構わず、日長はシリコンの薄い手袋を一双《そう》、ビニール袋の上に置き、いきなり居住まいを正したと思うと、有に向かって深々と頭を下げた。

「何とぞ！　何とぞお引き受けいただきたく！」

いきなりの大声に、周囲の客たちが、何ごとかと日長と有のほうを見る。

痩《や》せぎすで大人しそうな有に向かって、警察官というよりはむしろ若干、やくざ者に見えないこともない日長が頭を下げている光景は、あまりにも異様だ。

有は狼狽《ろうばい》して、顔を真っ青にした。

「ちょ、ちょっと待ってくれ、日長さん。そういうことは」

「あんただけが頼りや！　どうか！　このとおり！」

日長は額がテーブルにつくほどさらに頭を深く下げ、ますます声を張り上げる。

「わかった。わかったから」

とにかくこの場を収めたい一心で、有は「ああもう」と絶望の声を上げた。

「……ホンマか」

「見るだけは見てみる。だが、何も約束はできない。なくさないよう、壊さないよう、最大限に気をつける。それだけだ」

早口の囁《ささや》き声で請け合った有に、頭を上げた日長は、満足げにニヤッと笑った。

「それでええ。先生に見てもろて何もなかったら、諦《あきら》めるしかあれへん。また、他の道を探す」

「他の道があるのか？」

「わからん。あると信じて探す。それが、俺の仕事や」

力強く宣言してクリームソーダを飲み干した日長は、店員にミックスジュースを追加注文する。

厄介なものを押しつけられた有は、ロイヤルミルクティーに口をつける元気もなく、ただ、くすんだピンク色の、決して趣味がいいとは言えない安っぽいポーチを、憂い顔で見下ろしていた……。


預かったポーチをビニール袋ごとバッグに入れ、有が法医学教室に戻ってきたのは、午後七時過ぎだった。

（シリカには遅くなると連絡を入れたが、やはり夕飯を食べずに待っているんだろうな。データをチェックしたら、すぐに帰らなくては。冷蔵庫に、何が残っているだろう。手早く作れるメニューを、帰りに検索するか）

そんなことを考えながら、ポーチをひとまずロッカーに収納すべく、セミナー室の扉を開けた有は、一歩踏み込んだところで動きを止めた。

「な……！」

彼の口から、驚きの声が上がったのも無理はない。

目の前にある休憩用の大きなテーブルには、お茶を飲み、お菓子をつまんでいるらしき中野の背中が見える。

それはいいとして、その向こう側で、自分に向かって元気よく手を振っているのは、自宅で待っているはずのシリカだったのである。

「なお、おかえりー！」

「あっ、センセ。お帰りなさい。ちゅーか、やっぱし家に美人がおったやないですか。俺の読みは鋭いわ～。何となく残業しとったとこも、勘が冴《さ》えとるわ」

中野のそんな軽口に反応する余裕もなく、有はバッグを肩に提げたまま、テーブルに駆け寄った。

「シリカ、どうして」

家にいるときと同じ、パーカーとカーゴパンツというラフな装いのシリカは、どこか得意げな笑顔で答えた。

「なおが遅くなるって電話で言ってたから、迎えに来た！」

「迎えにって……どうやって？」

「大通りに出て、手を上げて……」

「タクシーか」

有は思わず呻《うめ》くような声で言い、こめかみに手を当てた。

そういえば、初めて会ったとき、シリカは実験室にひとりでふらりと現れ、天河陶子の死を告げたのだったと思い出す。あのときもタクシーを使ったはずだ。

中野は、シリカと有を交互に見て、楽しそうに言った。

「惜しかったなあ。お茶出して、これからじっくり事情聴取をって思うとったのに。センセ、帰ってきてしまうんやもん」

「警察みたいなことを言わないでくれ。シリカ、もう少しだけ待っていてくれるか。実験結果だけ見ておきたいんだ」

「いいよ」

中野が開けたポテトチップスを美味《おい》しそうに頬張り、シリカは笑顔で頷《うなず》く。

「あ、ほなシリカ君、実験室もちょい見学する？」

「おい、中野君。部外者をそう気軽に……」

「部外者言うてもセンセの身内やし、見せるだけやったらええですやん。せっかく来たんやし。な？」

「うん！ 行こう行こう」

教室最年少の中野だけに、子供のように無邪気なシリカ相手にお兄ちゃんぶりたいのかもしれない。

中野とシリカは席を立ち、まるで友達どうしのようにはしゃぎながら、連れ立って実験室へ向かう。

「まったく……。今日はなんて日なんだ」

有は肺がぺちゃんこになるほど深い溜《た》め息をつくと、まずはポーチを入れたショルダーバッグをロッカーに入れ、しっかりと施錠した。

それから、一刻も早く用事を済ませ、中野に余計なことを言う前に、速やかにシリカを連れ帰らねばと気を取り直し、自分も実験室へと足を向けた。

『ほら、これがベリーダンサー』

『ベリーダンサー？　ダンサーって、踊るの、この機械』

『そそ。ベリーダンサーておるやん、トルコの、わりとたわわな感じのお姉さんたちがセクシーに踊るやつ。こういう……』

『あー！　テレビで見たことある！』

薬品棚の向こうから、中野とシリカのそんな会話が聞こえてくる。それに続いて、ウインウィンウィン……という耳慣れた動作音。

どうやら中野は、サンプルやゲルの震盪《しんとう》に用いるシェーカーを見せてやっているらしい。

（あんなものが面白いんだろうか）

首を捻《ひね》りながら、有はDNA分析用のマイクロチップ電気泳動装置の前に座った。

装置に接続したノートパソコンを操作し、外出前にセットしていったサンプルの分析結果を表示する。

「ああ、やはり食事に、予期せぬアレルギー物質の混入が起こっていたんだ。このラダーは……蕎麦《そば》か！」

突如、アナフィラキシー・ショックで死亡した症例について調査を進めていたところ、期待どおりの結果が出て、有のシャープな顔に安堵《あんど》が広がっていく。

「いや、しかし他のものも……む……？」

いつしか、中野とシリカの会話も耳に入らないほど自分の仕事に没頭していた有は、自分を呼ぶ中野の大声に、ハッと我に返った。

「センセ！　どこです？　いてはらへんのですか⁉」

「いる！　どうした？」

「シリカ君が！」

シリカの名を聞いた途端、有は弾《はじ》かれたように席から立ち上がる。

「どこだ？」

「こっちです！」

声がするほうへと薬品棚を回り込むと、中野は、実験室の片隅に設けられた、小さな低温室の中から、分厚い扉を開けて顔を出していた。

低温室は、常に摂氏四度に保たれており、試薬や生体試料、培地などの保存を目的としている。

普段なら、開けっぱなしにするようなことは絶対にしない中野だが、今はそれどころではないらしい。

「早く！」

必死で手招きされて、有も絶対に走ったりしない実験室内で、全力疾走で低温室に駆けつけた。

「低温室で摂氏四度の世界を経験しようって中に入って、扉を閉めた途端、シリカ君がこないなってしもて」

中野は気のいい顔を見たことがないほど引きつらせ、オロオロと有に事情を説明しようとする。

「いいから、中へ入れてくれ」

有は、中野を押しのけるようにして、一段高い低温室の中へと足を踏み入れた。

畳二畳弱しかない小さな低温室には、三方に棚がつけられ、そこに試薬や試料が整然と並べられている。

「シリカ！」

部屋の奥で、シリカが長身を折り曲げて棚の下に潜り、頭を両手で抱えて座り込んでいた。

両脚はこれ以上ないほどきつく折り曲げられ、顎《あご》が膝《ひざ》小僧に強く押しつけられている。

「シリカ？　どうした？」

有は床に片膝《かたひざ》をつき、シリカの顔を覗《のぞ》き込んだ。

いつも、ミルクガラスのように透明感のある白い肌が、今は白を通り越して青く見える。オパールの瞳《ひとみ》には涙がにじみ、カチカチカチカチと異様な速さで聞こえるのは、彼の上下の歯がカスタネットのように小刻みに当たって立てる音である。

ひと目見て、酷《ひど》く怯《おび》えていることが明らかな様子だ。

「……やだ」

「シリカ？」

有が何度名前を呼んでも、その声はシリカの耳には届いていないらしい。

血の気が引いて紫色に見えるシリカの唇から、譫言《うわごと》のような微《かす》かな声が漏れた。

「やだ、やだ、もうあそこはやだ。ゆるして」

（いったい、あそこ、とはどこのことだ？）

ギョッとする有の背後から、中野がオロオロと声を掛けた。

「な……なんか、持ってきましょか？ ここ、寒いし」

「とりあえず、グラスに水を。それから毛布があるとありがたい」

「わかりました！ 何ぞ掛けるもんを探してきます！」

むしろどこかホッとしたような顔で、中野は扉を閉めた。バタバタと遠ざかる足音を背中で聞きながら、有はシリカの肩に手を掛けようとした。

だが、指先が触れた瞬間、シリカは目にも留まらぬ速さで、有の手を払いのけた。

「……ッ」

シュウウウウッ！

歯の隙間から空気が漏れる鋭い音が、シリカの口から放たれる。いつもは柔らかな笑みを作っている上唇がまくれ上がり、白い犬歯が剥《む》き出しになった。

まるで、手負いの獣だ。

シリカが全身から放つ殺気を受けて、有は言い様のない恐怖に襲われる。そのままバランスを崩し、彼は床に尻餅《しりもち》をついた。

（殺される……!?）

顔から血の気が引き、背中が嫌な汗でじっとり湿るのがわかる。だが、カッと見開かれたシリカの目に射《い》竦《すく》められ、有は後ずさることもできずにいた。

「シリ……カ……？」

情けないほど上擦った声で有が呼びかけると、今にも有に飛びかかろうと、床に両手をついて身構えていたシリカの動きが、ピタリと止まった。

憤怒《ふんぬ》の形相が、溶けて崩れるように泣き顔になり、両目が潤むと見えた次の瞬間には、大粒の涙がポロポロと零《こぼ》れ出す。

「ごめ……ごめんなさ……ゆるして、あそこはやだ、もどさないで、いやだ、やだ」

くしゃくしゃと泣き崩れたシリカは、元どおり蹲《うずくま》ると、やだ、やだ、と幼子のように繰り返し、首を横に振り続ける。

「シリカ！」

さっきの恐怖感が消えたわけではないが、あまりにも痛ましい怯えように胸を衝《つ》かれて、有は硬直した身体を無理矢理動かし、床を這《は》うようにしてシリカに近づいた。

「やだ！　さわらないで」

再び、今度は力なく有を拒もうとしたシリカの手首を摑《つか》み、そのまま自分より体格のいいシリカを、無理矢理抱き締める。

どうすればいいのかさっぱりわからなかったが、とにかく安心させてやりたい一心の、半ば無意識の行動だった。

「君が心に何を抱えているのかは知らないが、大丈夫だ。君が嫌な場所には、僕が誓って行かせない。心配しなくていい」

有の腕から逃れようともがいていたシリカが、その言葉を聞くなり、スッと動きを止めた。

「……なお」

ようやく名前を呼ばれ、有は安堵の息を吐いた。互いの身体を密着させているのでシリカの顔は見えないが、声音から、彼がほんの少し落ち着き、自我を取り戻したことが感じ取れる。

「わかったか。僕だよ」

もさり、と肩の辺りでシリカの頭が動いた。頷《うなず》いたらしい。

「なおだ。なおが、助けに来てくれた……？」

「それはあまりにも大袈裟《おおげさ》だが、この際、君が落ちつくのならそう思ってくれていい。大丈夫、ここはただの低温室だ。君が嫌がるような場所とは違う。危険はない。君に危害を及ぼす者は誰もいない」

「なお」

「そうだ、ここにいるのは、君と僕だけだ」

宥《なだ》めるように、有はシリカの広い背中を少し強めに叩《たた》いた。

なお、と吐息交じりにもう一度呼ぶ声が聞こえたと思うと、シリカの両手がパタリと床に落ちた。

それと同時に、彼の体重が、ずっしりと有にのし掛かってくる。

「シリカ？　おい、シリカ！」

有は再びゆっくりと尻餅をつき、両手でシリカの力が抜けた身体を支えながら、冷たい床に横たえ、腿《もも》の上に頭を乗せてやる。

「シリカ……？」

何度呼んでも、答えはない。慌てて確認した呼吸は、とても穏やかだ。

すう、すう……と、聞こえる呼吸音は、寝息に他ならない。

（気絶というより、もはや健やかな眠りのように思えるな。意識障害という感じでもない。まるで、緊張の糸が解けたようだ）

有は呆然《ぼうぜん》として、自分の腿に頭を乗せてすやすやとあどけなく眠るシリカの顔を見下ろした。

それから、見慣れた低温室の中を見回す。

（いったい、何がシリカをこんなに怯えさせたんだろう）

低温室が、他の部屋と違うところといえば、勿論《もちろん》、室温が極めて低いこと、狭いこと、そして……。

（窓がないこと、か）

いったい、どの要素が彼の精神をこんなに急激に不安定にさせてしまったのだろう。

答えは、目覚めたときに本人に訊《たず》ねるしかないが、いつものシリカとのやり取りを思い出すと、それが上手《うま》くいくかどうか、有には自信がない。

（とはいえ、さっきのは尋常でない荒れようだった。あの獣のような表情は、さすがに恐ろしかったな。本気で、殺されると思った）

思い出すと、低温のせいでなく全身がゾクゾクして震えが来てしまう。

「参ったな」

思わず、有の口からそんな嘆きが漏れる。

「センセ、毛布と水……あれっ？　嘘やん、死んだ!?」

そこへ戻ってきて、開口一番そんな物騒な台詞《せりふ》を吐く中野に、有はこのときばかりはどこか救われた思いで返事をした。

「生きているよ。今は眠っている」

「はあ？　なんで寝てるんすか、そないなとこで」

「わからないが、とにかくずっと寝かせておいてはまずい。外に連れ出すのを手伝ってくれないか？」

「はいはい、そらそうや。ちょっと待ってください、水置いてきますわ。はー、えらい閉所恐怖症やな～。いや、低温恐怖症？　そらないか、やっぱし閉所恐怖症やな」

　そんな独り言を言いながら、中野はいったん低温室の外に出る。

（閉所恐怖症……そういえば、確かにこの中に入ると、密閉された、閉じこめられたという感じが強い。もう慣れてしまってその感覚を忘れていたが、初めて入ったシリカは、単純に怖かったのかもしれないな）

　そんな気がする、というよりは、そう思い込みたいような気分で、有はシリカの今は安らかな顔を見守り、そして、ひとつ大きなクシャミをした……。

3

寝室の扉を開けた途端、それまでどうにか押しとどめていた疲労が、洪水のように溢《あふ》れ出す。

ただ立っていることにすら耐えられず、有は空気中を泳ぐような足取りで三歩だけ進み、そのままベッドに倒れ込んだ。

うつ伏せになる寸前、生活必需品というよりはむしろ身体の一部である大事な眼鏡を外したのは、生存本能のなせるわざだったかもしれない。

右手に眼鏡のつるを持ったまま、柔らかくて大きな枕に顔を埋《うず》め、羽布団に沈んでいく全身から力を抜いて、有は人生最後の呼吸になるのではないかと思うほど深く息を吐いた。

「疲れた」

そんな率直な一言が、空気と共に彼の身体から流れ出し、まだ煌々《こうこう》と灯《あか》りが点《つ》いたままの室内に漂って消えていく。

（今日は、あまりにも盛りだくさんだった）

ゆっくりと寝返りを打って仰向《あおむ》けになり、ベッドサイドのテーブルに眼鏡を置く。

そんなささやかな動作ですら、既に大仕事を行う心境だ。

(朝から司法解剖、午後は実験と虎目先生の講義用スライドの制作、夕方は日長さんと待ち合わせて、教室に戻ったらシリカが……)

「あれは、何だったんだろう」

茫洋《ぼうよう》とした呟《つぶや》きが、有の唇から漏れた。

裸眼で、恐ろしくぼんやりした白い天井を見上げていると、数時間前の出来事が甦《よみがえ》る。

低温室で謎のパニックに陥り、有に宥められて突然眠りに落ちたシリカは、その後、十五分ほどでぱっちりと目を覚ました。

目覚めた後の彼はあまりにもいつもどおりで、心配して見守っていた有も中野も、すっかり拍子抜けしてしまった。

しかもシリカには、自分が低温室で異状を来した記憶がまったくなかったのである。

「あの部屋、寒くて狭くてビックリしちゃった！　わたし、あそこからいつ出たの？」

彼に笑顔でそう問われ、有と中野は絶句して、互いに顔を見合わせるばかりだった。

「アレや、絶対、とんでもない閉所恐怖症やで、シリカ君。二度と窓のない狭いとこ、入ったらアカンで。ホンマ、恐怖新聞が三日連続で来たくらい、俺の寿命縮んだわ」

シリカにも有にもわからないたとえをして、中野はいつもの飄々《ひょうひょう》とした態度の内にも、正直な安堵《あんど》を滲《にじ》ませた。

しかし、すぐに低温室から出ていった中野と違い、ずっとシリカと一緒にいて、彼の謎めいた言葉を聞き、ほんの一瞬見せた、思い出しても身震いするような強い殺意を体感してしまった有のほうは、そう簡単に安心することができない。

それなのに、目の前のシリカはすっかりいつもどおりで、しかも、

「なお、お腹空《す》いたよ」

などと呑気《のんき》なことを言い出したので、有はすっかり混乱してしまった。

とりあえず、いつまでもシリカを職場に置いておきたくはなかったので、有は戸締まりを中野に任せ、シリカを連れて帰途に就いた。

電車の中でも、万が一、再び錯乱が起きたら……と有は気が気ではなかったが、当のシリカはすっかりご機嫌で、夜の街の景色を嬉《うれ》しそうに眺めていた。

(食欲も、いつもどおりだったな)

有の手が、無意識にみぞおちの上に置かれる。

帰宅して夕食を作る気力など残っていないとわかっていたので、自宅最寄りのJR摂津本山駅で下車してから、有とシリカは少し寄り道をして、モスバーガーに立ち寄った。

ずいぶん上達したとはいえ、未《いま》だに箸《はし》を使うことが得意とは言い難いシリカは、フォークやスプーン、そして手づかみで食べる料理を好む傾向がある。

それだけにハンバーガーは大好きな食べ物のひとつで、店頭であれも食べたいこれも食べたいと、定番のものから期間限定のものまで、四つもオーダーした。

有のほうは、食欲がまったくなかったので、フレンチフライポテトとオニオンリングのセット、それにサラダだけを注文したが、それすら半分以上、シリカに食べてもらう羽目になった。

今も、ほんの少し摂取した食べ物が、少しも消化されないまま、有の胃の中で存在を主張している。胃薬を飲めばよかったと今さら思ったが、もはや薬箱のあるリビングルームに行く気力は、有にはなかった。

帰宅してからも、シリカのわずかな体調の変化も見逃すまいと有は神経を尖《とが》らせていたが、当人は「美味《おい》しかったねえ、カツをパンに挟むことを思いついた人は、凄《すご》いねえ」などと、すっかり普段のご機嫌な彼のままだった。

（よく食べて、よく喋《しゃべ》って、よく笑って……。拍子抜けするくらい、いつものシリカだった。あの低温室での怯《おび》え方は、そして僕が震え上がったあの獣のような彼は、いったい何だったんだ？）

有は、ぼんやりと考えを巡らせる。

（確かシリカは、「もうあそこはやだ。ゆるして」と口走っていた。あそことは、どこのことだ？　許して、と言うからには、誰かにどこか、低温室のように狭くて寒い場所に閉じこめられたことがある……？）

これまでのシリカとのやり取りから、彼が天河陶子と出会う前、かなり不遇な環境にいたことだけは間違いない。

ただそれがどこの国のどんな場所で、どんな人々と関わったことでそうなってしまったのか、未だ、有には知る手立てがない。

(本人が、もっと具体的に打ち明けてくれたらいいんだがな)

今日は溜《た》め息ばかりついていると思いながら、他にどうすることもできず、有はまた嘆息を重ねる。

(確か出会って間もない頃、シリカは、天河先生と出会う前、『仕事』をしていたと言っていた。それがどんなものかはわからないが、天河先生が『お仕事はおしまい』と言ってやめさせたと。誰に雇われ、何をさせられていたのか)

そして、天河陶子とシリカがかつて暮らしたマンションの部屋。

陶子の枕元にあった本に書き付けられた、あるいは彼女の絶筆かもしれない短い言葉。

「あれは、『シリカを、死から遠ざけて。モンスター』……確か、そんな言葉だ」

視線を巡らせれば、デスクの上に、他の書物と共に、その本の背表紙がぼんやりと見える。

(あのメッセージは、何なんだろう)

陶子は、自分が死んだら有のところへ行くようにと、シリカに告げていた。

ということは、みずからの亡骸《なきがら》の枕元にあった、あの本に書き付けられたメッセージは、シリカ、あるいは有に向けてのものと考えられる。

「シリカを」という文言がある以上、おそらくあれは、有に伝えたい言葉だったと解釈するのが妥当だろう。
（無論、意識的にシリカを『死』に近づけるつもりなどない。ああいや、法医学は否応《いやおう》なく死と親和性が高い学問だし、法医学教室も、あまりにも死者の個人情報が多すぎる場所だ。シリカには、あんな風に気軽に遊びに来ることはやめるようにと諭さなくてはな）

そんな目先の現実的なことに思いを巡らせてしまうのは、シリカにまつわる謎が、あまりにも多く、とりとめもないからかもしれない。

（そして、モンスターというのは……）

シリカによれば、二人が出会ったばかりの頃、陶子はシリカのことを「私の可愛いモンスター」と呼ぶことがあったそうだ。

だがそれは、シリカを怪物扱いしていたわけではなく、彼があまりにもテーブルマナーを知らなかったため、愛情を込めてそう呼びつつ、人間らしい食事の摂《と》り方を教えていた……ということだったらしい。

（そんな言葉を、人生最後のひとときに思い出すというのは、いったいどういう心境なんだろう。シリカへの愛情のあらわれだったとしても、『死から遠ざけて』という言葉はあまりに剣呑《けんのん》だ）

有は再び、視線を天井に戻した。疲労が眼球の奥にわだかまり、暴れているような重い不快感がある。目を閉じて、両手の指先で眉《まゆ》から上瞼《うわまぶた》のあたりを押すように揉《も》むと、予想以上の痛みに小さな呻《うめ》き声が出た。

(モンスターという言葉はむしろ、さっき僕が見た、あの猛獣のようだったシリカにふさわしい)

歯を剝《む》き出し、目に殺意を漲《みなぎ》らせて睨《にら》みつけてきたシリカの姿を思い出すと、有の背筋は氷を押し当てられたようにゾクッとする。

二ヶ月前、有のことを宮入ソウスケを殺した男として憎み続けているストーカーに襲撃されたときも、有は大きな恐怖を味わったし、死すら覚悟した。

さっきのシリカの姿を思い出すと、そのときと酷似した恐ろしさを感じる。

(あの状態が、あと数秒続けば……僕はシリカに殺されていたんじゃないだろうか)

思わずそんな想像が頭をよぎって、有は小さく首を振った。

「ろくでもないことを考えるんじゃない。そんなことは、あるはずがない。シリカは、天河先生の忘れ形見だ。間柄はどうあれ、法的に我が子とした存在だぞ。それに、僕が襲われたあのとき、シリカは身を挺《てい》して僕を助けてくれたじゃないか」

小さな声で呟いて、有は鈍い動作でベッドに身を起こした。

じっと横たわっていると、やけに喉《のど》の渇きを覚える。考えてみれば、夕方、日長と会って以来、ろくに水分を摂取していない。ハンバーガーショップでも、有が注文したウーロン茶は、口直しにシリカがほとんど飲んでしまった。

水でも飲んで気分を変え、とにかく今夜は寝てしまおうと思ったのだ。

(そういえば、まだ風呂《ふろ》に入っていないな。……いや、もう今夜は無理だ。明日《あした》の朝、仕事に行く前にしよう)

綺麗《きれい》好きの有が、司法解剖の後、シャワーすら浴びずにベッドに入るなど、これまで一度もなかったことだ。

そのくらい、自分は疲れているんだと実感しつつ、キッチンへ行くのすら面倒なので、机の上にいつも置いてあるペットボトル入りのミネラルウォーターを飲もうと思った有は、「あ」と間の抜けた声を出した。

机の上には、帰宅したときに放り投げるように置いたショルダーバッグが載っている。

その中に、大切な日長からの預かり物があることを、彼はふと思い出したのである。

「そうだ、日長さんに見てくれと言われたんだった」

重い身体を引きずるようにして立ち上がった有は、机の前に立った。

心の中では、「頼まれたことは今日やっておかねば」と疲れた身体を説き伏せようとする理性の有と、「今日はもう疲れた。明日でもいいじゃないか」とベッドに戻ろうとする感情の有がせめぎ合っている。

しかし、そこで理性が勝つのが、有が有たるゆえんである。

(気付いてしまった以上、何もせずに放っておくと、どうにも気になる。軽く見るだけでも、見ておくか)

報告は明日でなくても、近日中でありさえすれば、日長は文句を言うまい。

そんな、やや自分に甘いことを考えながら、有は本来の目当てのペットボトルを取り、常温の水を半分ほどひと息にごくごく飲んだ。

そして、まずはバッグから日長に渡されたシリコンの手袋を取り出してはめようとしたとき。

コン……コン。

やけに控えめなノックの音が聞こえた。

この家には二人しかいないので、ノックの主が誰かは考えるまでもない。

有は素早く手袋を置き、バッグの口をしっかり閉じてから返事をした。

「シリカ？」

『入ってもいい？』

扉越しに聞こえたのは、やはりシリカの声だ。しかし、おやすみを言ったときとは打って変わって、やけに不安げである。

（また何かあったのか？）

二人きりのときにシリカがまた豹変《ひょうへん》したら、という恐怖が即座に頭をもたげたが、有はそれを必死で抑え込み、腹に力を入れて、極力冷静な声を出した。

「構わないよ。どうぞ」

すると、ガチャリと扉を開け、シリカがおずおずと入ってきた。

シャワーを浴びたらしく、柔らかそうな栗色の髪は湿っていて、きちんとパジャマを着込んでいる。

その美しい顔に不安に似た表情を見てとり、有は心配そうに訊《たず》ねた。

「どうした？　何かあったのか？」

するとシリカは、頷《うなず》いたのかかぶりを振ったのか判断がつかない曖昧《あいまい》な首の振り方をして、こう言った。

「こわい」

「えっ？」

有はギョッとする。シリカは、どこか戸惑った様子でこう言った。

「寝ようと思って灯《あか》りを消したら、なんだか急に怖くなった。ちょっとだけここにいて、なおと喋《しゃべ》りたい」

「あ……ああ、構わないよ」

有が戸惑いながらも承諾すると、シリカの顔がパッと輝いた。

「ありがとう！」

ちょっと元気になってそう言うなり、彼は何の躊躇《ためら》いもなく、有のベッドに飛び乗った。ヘッドボードに背中を預け、布団の上に長い両脚を遠慮なく投げ出す。

「ほら、なおも」

そう言って、勝手知ったる他人の何とかよろしく、シリカは自分の隣をポンポンと叩《たた》いてみせた。

（そこは僕の寝床なんだがな）

そんな不平を声に出す気力すらなく、有はペットボトルを机に戻した。

（すまない、日長さん。やはり明日にせざるを得ない）

心の中で日長の顰《しか》めっ面を思い出して詫《わ》び、ベッドに戻る。

シリカとまったく同じ体勢で、すぐ隣に並んで座ると、シリカは楽しげに、裸足《はだし》の両足のつま先を、左右にピョコピョコと振ってみせた。

「思ったとおりだ。なおのところに来たら、平気になった」

ニコニコしてそんなことを言うシリカの美しい横顔を見ながら、有は慎重に問いかけた。

「いったい、何がそんなに怖かった？　さっきの、低温室でのことが影響しているのか？」

するとシリカは、「たぶん」と素直に認めた。

「低温室で何があったか、覚えていないんだろう？」

「覚えてない。でも、前にあんなところにいたことは、覚えてる。忘れてたけど、思い出した」

「前に？　どんなところだ？」

有は、はやる心をグッと抑え、努めて穏やかに訊ねてみた。

しかし、いつもはうるさいほど喋るシリカが、すぐには言葉が出てこない様子で軽く俯《うつむ》く。

　有は心配になって、言葉を添えた。

「無理に言わなくてもいい。思い出すのがつらいなら……」

「知りたい？」

　有の言葉を遮って、シリカは短く問いかけてきた。

　寝室の、白熱灯に似た温かみのある光を受けて、シリカの虹彩《こうさい》が金色に輝いている。

　その中にちらつくアメジストに似た美しい色彩に魅入られつつ、有は心を偽らず答えた。

「知りたいと思う。僕は、君のことをあまりにも知らな過ぎる。天河先生に君を託された以上、君という人間のことを、きちんと理解したいと思っている」

「それは、誰のため？　トーコ？　わたし？　なお？」

「……君は、時々とても難しい質問をする」

「難しくないよ。なおが思うとおりを教えて」

　シリカの質問に意表を突かれ、今度は有がしばらく考え込む番である。だが、いくら適切な言葉を探そうとしたところで、シリカと話しているときには、結局、正直になるしか話を進める方法はないのだ。

「わからない」

　有はまた率直かつ簡潔に答えた。

「わからない？　なおの心のことなのに？」

「心はそう単純なものじゃない。自分の心を完璧《かんぺき》に理解できる人は、そう多くないと思う。と、思いたい」

「ふうん……？」

「勿論《もちろん》、天河先生のご恩に報いるためにも、先生の期待に添うべく、君を理解して、これからの君の人生を豊かなものにする手伝いがしたい。だから君を知りたいという気持ちはある。それは確かだ。でも、それだけじゃない」

有の実直な言葉に、シリカは小鳥のように首を傾げる。

「他には、何があるの？」

「たぶん僕は、君に興味があるんじゃないかと思う」

「きょうみ」

未知の食べ物を味わうときのような顔つきで、シリカは「興味」という言葉を小さな声で幾度か呟《つぶや》く。

「これまで、僕には友達と呼べる人はほとんどいなかった。学校でそれなりに仲良く過ごした人は、少ないけれどいる。でも、卒業したらそれっきりだ。毎日会わなくなっても、関係を保ちたい……そんな風に思える相手も、思ってもらえる相手もいなかった」

「シンゴは？　トーコは？」

「シンゴ？」

「さっき会った」

「……ああ、中野君か」

そういえば中野の下の名前は信吾だった、と思い出して、有は微苦笑した。

会ったばかりの相手のファーストネームをすぐ呼べるようになるのは、シリカが単純に外国育ちだからか、あるいは人なつっこさのゆえか。

少し羨《うらや》ましく思いながら、有は頷いた。

「天河先生も、中野君も、天河先生の葬儀のときに来てくださった虎目先生も、君は会っていないが秘書の瀬良さんも、大切な人たちだ。勿論、好きだよ」

「でも、友達じゃない？」

「友達ではないね。恩師、同僚、上司、人生の先輩……あくまでも仕事上のつきあいだ。勿論理解したい、よりよい関係を築きたいとは思うが、それは職場でのことで、プライベートに踏み込みたいとは思ったことがない。たとえば、中野君が週末に何をしているかなんて、彼が自発的に話さない限り、興味がない」

有の説明を吟味してから、シリカはゆっくりと応じた。

「友達は、プライベートに踏み込む」

「友達という関係は、そもそもプライベートなものだよ。友達がいない人間が言うのもおかしなものだが」

「プライベートだと、どう違うのかな」

「そうだな。仕事上のつきあいというのは、互いに協力しあって、ときには切磋《せっさ》琢磨《たくま》して、よりよい仕事をできるようになるための関係。それに対して、友達というのは、互いの人生をより豊かに、楽しくするための関係……なのではないだろうか」

シリカは、端麗な顔全体で、よくわからないと訴えてくる。

「仕事も損得勘定も関係無く、その人に会いたい、話したい、楽しい時間を共に過ごしたい……あるいは、お互いが悩んだり苦しんだり悲しんだりしているときは、寄り添って力になりたい。互いの存在が、よりよく生きるための刺激になり、癒《いや》しになる。そんな関係が、友人ではないかと思う」

我ながらお手本のような、あるいはどこかの本かドラマから借りてきたような台詞《せりふ》だと苦々しく思いながらも、有はそう言った。

するとシリカは、キョトンとした顔で言い返してきた。

「トーコは、わたしによく、なおの話をしたよ？　トーコは、なおを友達だと思ってたのかな」

「僕の話を、君に？　どんな話を？」

有は驚き、興味をそそられて、思わずシリカの恐怖の正体を追究することを忘れ、陶子の話の続きを促してしまった。

養母の思い出を語るのは、とても楽しいことなのだろう。シリカのすべすべした頬に、小さなえくぼが刻まれる。

「あんまりきっちりは覚えてないけど」

「構わない。君が覚えている範囲で教えてくれ」

「人生で三人目の、心から助けてあげたい人だって」

「三人目？　先の二人は……」

「一人目は知らない。二人目はわたし」

「君？　ああ、確かに、天河先生との出会いで、君の人生は変わったんだろうしな」

「そう。トーコはわたしを……たぶん、助けてくれた、のかな」

「たぶん？」

有は怪訝《けげん》そうに問い返したが、それには頓着《とんちゃく》せず、シリカはあっさりとこう言った。

「でもね、なおのことは助けちゃダメだって言ってた」

陶子がそこまで自分を気に掛けてくれていたのは嬉《うれ》しいが、それにしても「なおのことはダメ」というフレーズは、一抹の寂しさと共に気になってしまう。有はつい、いささか不服そうな口調で説明を求めた。

「僕は助けては駄目、というのは」

「えっと……何だっけ。ああ、そう。『私じゃ駄目なのよ。つい、導いてしまうから。泥から頭を出して、息ができるようにしてあげるのはいいけれど、陸地まで引き上げてしまったら、それは駄目なのよ』って言ってた」

「陸地まで……引き上げる」

「うん。たぶんそんなこと言ってた」

相変わらず上手な物真似を披露したシリカは、ニコニコして自分を指さした。

「陸地に上がるには、自分で上がろうって決めて、できたら誰かと助け合って、どうすればいいか一緒に考えられるほうがいいって。陸地に上がってからも、一緒に歩いていける人が見つかったらいいって。それが」

「うん？」

「それがシリカ……わたしだったらいいなって、トーコは言ってた」

有は、目を丸くした。いくら度の強い近視でも、すぐ隣にいるシリカの顔はよく見える。彼に向けられたシリカの笑顔は、いつもと少し違って、どこかはにかんでいるように見えた。

「君が？」

「うん。なおと友達になって、一緒に歩いていける関係になればいい。トーコはそう願ってた。でもトーコにできるのは、わたしとなおの糸の端を同じ場所に置くことだけだって。その糸を結ぶかどうかは、二人で決めなさいって、そう言われたよ」

驚いて言葉を失った有の胸に、最後に会ったとき、陶子がくれた言葉が去来する。

『あなたはまだ、生きることに苦しみを抱えている、そんなあなただから託したい「もの」なの』

「ああ……やっとわかった」

有は、放心したような顔で呟いた。

彼はこれまでずっと、陶子が何故、わざわざ自分にシリカを託したのだろうかと考え続けていた。「生きることに苦しみを抱えているから」という理由の意味が、今ひとつ理解できずにいたのである。

「天河先生は、僕が『陸地』に上がろうとするきっかけとして、君と引き合わせてくれたのか」

シリカは自分の胸を指さして言った。

「トーコは、わたしもまだ泥の中にいるのよって言ってた。ほんとはもう少し浅いところまで手を引いてあげたかったけど、残念ながら時間が足りないの。そう言って、なんだかちょっとさみしそうに笑ってた」

ああ、と有は、今日、これまで山ほど繰り返したものとは意味の違う溜《た》め息をついた。

八年三ヶ月ぶりに再会し、心の傷と罪の意識に押し潰《つぶ》されたまま、諸々と這《は》いずって生きていた有の姿を目の当たりにして、陶子はシリカが有に必要だと確信したのだろう。だからこそあんなに強引に性急に、「大切なものを預かる」という言質《げんち》を取ったに違いない。

（シリカの行く末だけでなく、僕の人生のことも想って、僕たちを引き合わせてくれたのか、天河先生は）

それが分かった途端、有の胸に温かな感情が満ちる。

それが喜びであると気付いて、有は赤面した。

(待て、それでは僕が、今の今までシリカにヤキモチを焼いていたみたいじゃないか)

そんな馬鹿なことはない、と思おうとしても、顔面に充満した血液は、容易にそこから去ってくれそうになかった。

「なお？　顔が赤いよ？　大丈夫？　お酒飲んだ？」

「いや、飲んでいない。大丈夫だ」

有は慌てて否定し、心配そうに見つめてくるシリカの美しい顔を見返した。

「君は」

「ん？」

「君は、天河先生に僕のところへ行けと言われて、どう思ったんだ？　養親である先生が亡くなって、仕方がないと思ったのか、それとも」

「思う？」

むしろ不思議そうに問い返され、有は困惑しつつ表現を変えた。

「こう言っては失礼かもしれないが、君はまだ色々と知らないことが多いし、生活能力は僕以上にないように思う。保護者である天河先生が亡くなった後、一人暮らしをすることは難しかっただろう。だから、先生が指定した行き先である、僕のところに来るしかなかった。そうじゃないか？」

「そうだね」

「そこに、不安や不満はなかったのか？　ああいや、今もあるだろうが」

「ないよ」

真顔で即答するシリカに、有は困惑の面持ちになる。

「ない？」

「なおに会ったとき、トーコが言ってたとおりだって思った」

「先生が、僕のことを何と？」

「まじめで、ぶきっちょで、がんこで、かしこくて、やさしくて、さみしい人だって。全部まとめると、いい人よって言ってたよ」

「いい人……それは買いかぶりすぎだ」

みずからを嘲《あざけ》るような有の声音を気にも留めず、シリカは布団の上、すぐ傍にあった有の左手に、自分の右手を重ねた。

「！」

他人に身体を触られることを大の苦手にしている有は、驚き、反射的に手を引こうとしたが、すんでのところで思い留《とど》まった。

何故か彼の脳が、そんなことをしてはいけないと彼の意思を阻んだのである。

シリカの大きな手の下で、ほんの数ミリ小さな有の手は、ビクリと一度だけ痙攣《けいれん》したものの、半ば拳《こぶし》を握ろうとした状態でガチガチに硬直し、どうにかその場に留まっている。

初めて有に触れようとしたとき、手を振り払われたことを覚えていたのだろう。今回は有が逃げずにいることに、シリカは心底嬉しそうな顔をした。

「わたしは、トーコが死んでさみしい人になった。そのトーコが、なおはさみしい人だって言っていた。わたしには難しいことはわからないけど、さみしいわたしが、さみしいなおと一緒にいれば、さみしいは消えるかもしれないと思った。だから、わたしはなおのところに来た」

「シリカ……」

「なおは、まだ、さみしい？」

「僕は」

有は、しばらく考え込んだ。

そして、一度だけ、しかし深く頷《うなず》いた。

「そうだな。たとえば天河先生のことを思い出すと、やはりもうこの世におられないことが寂しい。他にも、色々な別れがあった。たとえば、この家の前の主《あるじ》である祖父も、もう死んでしまった。家の中に祖父との思い出がたくさんあるから、時々思い出して『さみしく』なる。だが」

「だが？」

「この家に君が来て、ことあるごとに挨拶《あいさつ》をし合うようになった。おはよう、いただきます、いってきます、ただいま、おやすみ。一人暮らしをしていたときは黙っていたことを、今は声を出してする。君が、その声を受け止めて、挨拶を返してくれるからだ」

「うん。逆もあるね。わたしがあいさつして、なおが返してくれる」

「ああ。そうして挨拶をやり取りするたびに、ひとりでないことを感じて、君のいう『さみしさ』が、少しずつ減っていく感じがする。消えはしなくても、小さく、薄くなっていく気が、何となくする」

ここしばらく、ぼんやりと感じていたことが、シリカとの会話を通じて言葉になり、実感として胸に染みる。

それと同時に、有の強張《こわば》っていた手からゆっくりと力が抜けて、覆い被《かぶ》さるシリカのひんやりした手とピッタリ合わさった。

「それは、なおにとっていいこと？」

真っ直ぐに問われて、有はつらそうに目を伏せた。

「どうだろう。僕はある人が自ら命を絶つ、その原因を作ってしまった。僕の言葉がなければ、その人はもっと長く生きて、もっと豊かな人生を送ったかもしれない。その、あるはずだった時間を奪った僕が、少しでも幸せを感じるのはいけないんじゃないか。そんな資格はないんじゃないか。いつもそう思うんだ」

自分の過去について、有はまだ、詳細にシリカに語ったことはない。シリカのほうも、中野のようにガツガツと情報を求めることがなかった。

しかしシリカは、自分の手の下にある有の指の関節あたりを中指の先でとんとんと叩《たた》きながら、不思議そうに言った。

「なおが幸せになってもならなくても、もう死んだ人にとっては関係なくない？」

「それはそうかもしれないが、彼のご家族や友達、彼のファン……彼を大好きだった人たちは、僕の幸せをよくは思わないだろう」

「その人たちは、なおがずっと不幸せだと喜ぶってこと？」

「喜ぶというか、そうであるべきだと思っているのではないかと」

「それは、よくないよ」

　シリカはきっぱりと言った。

「よくない？」

「誰かが不幸せでいてほしいって願っちゃう心は、きっとさみしい。だから……えっと」

　シリカは天井を向いてしばらく考えていたが、やっと言葉を思いついたのか、有に視線を戻した。

「なおは、さみしさを減らしていい。その分、なおの不幸せを願っちゃう人たちのさみしさも、いつか減らしてあげられるといい。どうしたらいいかはわからないけど、わたしも手伝う」

「シリカ……」

「きっと、なおがいる泥は、それなんだね。一緒に陸に上がれるように、わたしも一緒に考えるよ。だいじょうぶ」

　優しくそう言って、シリカは重ねた有の手を、ギュッと握り込む。

有は、驚きで言葉を発することができなかった。

確かに、ずっと暗闇にいた有を、陶子は微《かす》かな光が見える場所まで引き上げてくれた。

虎目は、その後、法医学という小さな灯《あか》りを有の頭上に掲げてくれた。

だが今、こんな風に、ピタリと横並びで身体も心も寄り添ってくれたのは、シリカが初めてだった。

（それが、こんなに温かく、心強いことだったなんて）

しかし、感動に包まれた心を、何かが外からガリガリと引っ掻《か》く。

「でも、君は」

「うん？」

笑顔で小首を傾げるシリカに、有は思いきって訊《たず》ねた。

「君が抜けられずにいる泥は？　それはいったい……どんなものなんだ？　知らなければ、共にそこから抜けようとすることができない」

それを聞くなり、シリカの顔から笑顔がゆっくりと消えていった。

有の手を包むように握り込む彼の手に、ぐっと力がこもる。

「シリカ？」

心配そうに呼びかける有に、シリカはすっと手を離し、やけにキッパリとこう宣言した。

「ここで寝る」

「……は？」

「なおの隣で寝る」

そう言うなり、彼は本当に布団をめくり上げ、ベッドに潜り込んでしまった。

予想外にもほどがある展開に、有は呆然《ぼうぜん》と、背中を向けて横たわったシリカの後頭部を凝視している。

「いや、その、いくら何でも子供ではあるまいし」

「子供じゃないと、一緒に寝ちゃダメなの？」

「そ……そんなことはないだろうが、しかし」

「なおの寝るとこは、ちゃんと残してる」

布団を頬まで引き上げ、くぐもった声でシリカは言い張った。

確かに、有のベッドは、大の字で寝ることを好んだ祖父愛用の大きめのセミダブルなので、かなりの狭苦しさを我慢すれば、一晩くらいなら、大の男ふたりが並んで眠れないこともない。

とはいえ、子供時代ですらそんなことをした経験がない有は、情けないほど動転してしまう。

「こわいのは、いやだから」

だが、ボソリと付け加えられたシリカの言葉に、有はハッとした。

（そうだ。そもそも彼がここに来た理由は、おそらくあの低温室でのことが原因で生じ

た恐怖だった）

その話をもっと突き詰めたいところだが、本人が「怖い」と訴えている以上、さらに追い詰め、その恐怖を増大させるわけにはいかない。

（そして、怯《おび》えていると自己申告されたのに、部屋へ帰れと放り出すこともできかねる……か）

今夜のところは、またシリカの精神が不安定にならないよう努めるのが最善だ。そう結論づけて、有はこみ上げる溜《た》め息を飲み込み、「わかった」と言った。

いったんベッドを出て灯りを消し、有もまた、床に入った。

部屋の入り口の床近くにある常夜灯が自動的に点灯して、足元を中心に、室内にささやかな光を供給してくれている。

仰向《あおむ》けになった有の傍らで、シリカは相変わらず、有に背中を向けて、少し猫背気味に横たわっていた。

「狭苦しくないか？　そこまで隅に寄らなくてもギリギリ大丈夫だと思うが」

しかし、シリカはもさもさと首を横に振っただけで、体勢を変えようとしない。

（まあ、好きにすればいいさ）

疲労のせいで幾分投げやりな気持ちになった有は、そのまま口を噤《つぐ》み、目を閉じた。

だが、身体も心も一秒で眠れるほどに疲れ切っているはずなのに、隣に他人の息づかいを感じると、どうにも心がザワザワして、シリカが来る前にはでんと居座っていたはずの睡魔が、戻ってくる気配すらない。

（参ったな。やはり、こんな状態で眠るのは無理があるんじゃないだろうか）

だんだん二人分の体温で、いつも以上に布団の中が暖まってくるのも、落ち着かない気持ちに拍車を掛ける。

（静かだな。シリカは眠ったのか）

もぞもぞと身じろぎしながらそう思った有の耳に、小さく、掠《かす》れた声が聞こえた。

「思い出したんだ」

「……起きていたのか」

有は驚いて、シリカのほうに顔を向ける。やはり頑固に動かないシリカは、静まり返った寝室、しかもこれほど至近距離にいるのに、ギリギリ有の鼓膜に届く程度の微かな声でこう言った。

「トーコに会う前、わたしは窓のない、小さくてジメジメした、寒い部屋にいた。いつも、嫌なにおいがした」

「えっ？」

「閉じこめられてた。逃げようとしたら殴られた。喋《しゃべ》っても、棒で殴られた」

「な……何を言ってる!? それはいったい、いつ、どこで、誰に」

突然、平板に告げられた凄惨《せいさん》な話に、有の意識は完全に覚醒《かくせい》した。

思わず飛び起きた彼とは対照的に、シリカは微動だにせず、メトロノームのように一定のスピードで話し続ける。

「知らない人たち。男。わたしに『仕事』をさせた」

「仕事？　それは、天河先生が終わりにさせた仕事のことか？」

有の声が耳に入っていないのか、シリカはそれには答えずに言葉を継いだ。

「やらないと、食べ物を何日ももらえなかった。水も。わたしは死にたくなかった……。ああ、でも、しごとは、もう……もう、おしまい。トーコが……おしまいって」

シリカの発する言葉が、次第に途切れ途切れになる。有は思わず、シリカの肩に手を置いた。

「シリカ。君はいったい、どんな目に遭ったんだ。その『仕事』というのは……」

「なお」

有が手に力を込めるより早く、シリカはゆっくりと仰向けになった。そして、潤んだ目で、真っ直ぐに有の顔を見上げる。

「シリカ？」

「なおがいる。なおがいるから、ここはあの部屋じゃないね」

答えてやらなくてはならない。直感的にそう悟った有は、深く頷《うなず》いた。

「違う。ここは僕の家の、僕の寝室だ」

「……よかった。しごとは……おしまい、だもんね」

もう一度繰り返して、シリカは沈黙する。瞼《まぶた》が、ゆっくりと大きな瞳《ひとみ》を覆い隠した。

有はベッドに身を起こしたまま、シリカが話を再開するのを息を殺して待ったが、やがて聞こえ始めたのは、静かな寝息だった。

（眠ってしまった……あっ）

シリカが安らかに眠ったことへの安堵《あんど》と、彼が思い出したという、あまりに過酷な過去の話をこれ以上聞けない落胆とが入り交じり、複雑な面持ちになった有は、小さく息を飲んだ。

再び有の手を指先で探り当てたシリカが、ギュッと手を繋《つな》いできたのである。

それはまるで、小さな船が、海に錨《いかり》を下ろすような仕草だった。

（こういうのは、得意じゃないんだが……今夜は仕方がないか）

まったくもって眠れる気はしないが、シリカの寝顔を一晩眺めていても仕方がない。

有は、繋ぎあった手を何とも気恥ずかしく思いつつ、そろそろとベッドに横たわった。

互いの肩がぶつかるほどの狭さだが、シリカにとっては、傍らに有の存在を感じ続けることが、今夜はどうしても必要なのだろう。

（いつか、今夜の話の続きを聞ける日が来るだろうか。だが……あまりにも酷《ひど》い。いったい、彼はどうしてそんな目に遭ったのか。どうしてそこに天河先生が助けに来たのか。そして……）

どうしてそんな過酷な経験を、今の今までシリカが忘れていたのか。

考えれば考えるほど混乱し、脳が弾《はじ》けそうになる。

（駄目だ。今夜はもう眠ろう。眠れなくても、眠る努力はしよう）

自分自身に言い聞かせ、有は必要以上に力を入れて、瞼を固く閉ざした……。

翌朝、有がベッドを抜け出したのは、午前五時過ぎのことだった。

結局、努力も虚《むな》しく、ほんの短いあいだウトウトしただけで、彼は睡眠を諦《あきら》めざるを得なかった。

シリカのことも心配だったが、日長から託されたポーチを放ったままにしてあることが、有には気がかりで仕方がなかったのである。

（とりあえず、出勤前に、ポーチの中身を見るだけ見てみよう）

ベッドでは、シリカがまだすうすうと健やかな寝息を立てている。

寝たいだけ寝かせておこうと、有は足音を忍ばせ、椅子をそろそろと引いて、机に向かって腰を下ろした。

シリカのほうへ光が差さないよう、角度を調節してデスクライトを点《つ》け、改めて手袋をつけて、くだんのポーチを注意深く机の上に置く。

ポーチはつるつるした生地でできていて、大きさは八インチのタブレットくらいだった。厚みはさほどなく、バッグにスルリと収まるだろう。

（化粧品なんかを入れておくものだろうか。いやしかし、持ち主は男性だったな）

ピンク色の生地には小花模様がプリントされていて、あまり年配男性が好んで持つようなデザインではなさそうだが、人の好みは千差万別ということかもしれない。

そんなことを考えながら、有は、ポーチの外側を子細に観察してみた。

ファスナー部分は無傷だが、側面や底面が熱で多少焼け焦げ、一部は溶けて引き攣《つ》れたようになっている。

全焼した火災現場で、ポーチがいくら人体に庇《かば》われたといってもこの程度の損傷で済んだことは、むしろ奇跡的だろう。

有は、注意深くファスナーを開け、中身を一つずつ、机の上に取り出してみた。

まずは、スケルトンタイプのプラスチック製ボールペン。実にありふれたものだ。

次に、がま口タイプの小銭入れ。中には、硬貨が色々取り混ぜて合計六百四十五円。これも、特筆すべきことは何もない。

最後に一つ残ったものを引っ張り出した有の顔に、困惑の表情が浮かんだ。

「これは……」

それは、まるでマトリョーシカのように、似たような生地で作った小さなポーチだった。そして、中から出て来たのは、まさかのラムネ菓子だったのである。

昭和の遺物と呼ぶべき、透明の六角形の縦長ケースに、水色の円柱形をした小さなラムネ菓子が、隙間なくぎっしり詰まっている。

蓋《ふた》は黄色いプラスチックで、一部が跳ね上がり、ラムネ菓子を少しずつ取り出すことができる仕組みだ。

郷愁を誘うレトロ感満点の駄菓子だが、わざわざこんなものを小さなポーチに詰めておくのは、いかにも怪しい。

もしやラムネ菓子の代わりに、何らかの薬物でも詰めてあるのではと疑った有は、蓋を開け、注意深く手で扇《あお》ぐようにして匂いを嗅《か》いでみた。

「……ラムネだな」

そんな失望の呟《つぶや》きが漏れる。

長らく口にしていないとはいえ、子供の頃、よく遠足のおやつの中に入っていたラムネ菓子の、あのいかにもラムネらしい清涼感溢《あふ》れる香料の匂いは、そう簡単に忘れられるものではない。

「間違いない、ラムネだ」

「ラムネ？」

「うわっ」

背後から突然声が聞こえて、有はおそらく数ミリ程度、椅子に座ったまま文字どおり飛び上がった。

いったいいつの間に起きたものか、パジャマ姿で、髪もボサボサのシリカが、まだ眠そうな顔で有の傍らに立っていた。

「お、おはよう」

「おはよ。なあに、それ。ラムネって……薬？」

「お菓子だよ。食べたことはないか？」

シリカはちょっと考えて、かぶりを振った。

「ない。それ、食べてもいい？」

「駄目だ。これは鑑定対象……ああいや、仕事に使うものだから」

「ふうん。じゃあ、見るだけ」

好奇心旺盛《おうせい》なシリカは、身体をうんと屈《かが》めて、ラムネの容器に顔を近づけた。

「どんな味がするの？」

「とにかく、甘い。甘くて……少し酸っぱくて……」

「オレンジみたい？」

「いや、ああ、まあ、オレンジ味もあったような気がする。これはブルー系だから、おそらくサイダー味じゃないかな」

「サイダー味！　サイダーは好き」

「知っているよ」

　コンビニエンスストアに行くたび、色々な炭酸飲料を嬉《うれ》しそうに買うシリカの姿を思い出し、有は口角を少しだけ上げた。

　シリカは、興味津々で、まだラムネを眺めている。

「こっちのちょっと色が違うやつは、何味？」

「うん？　どれのことだ？　ああ、素手で容器に触らないように」

「えっと、これ。これとか」

　シリカは言いつけどおり容器に触れないよう、あちらこちらを指さしてみせる。

だが、有には「色違いのラムネ」など、一粒も見えない。すべて、水色のラムネ菓子ばかりである。

「同じ色だろう？」

「違うよ！　全然違う」

　珍しく、シリカはムキになって色違いがあると主張する。

「む……？　色が違うというのは、どんな感じで違うんだ？」

　ふと思うところあって有がそう訊《たず》ねると、シリカは膨れっ面で答えた。

「色が他より薄いし、ちょっと黄色いでしょ」

「いや、僕にはさっぱりだ。だが、心当たりがある」

　そう言うと、有はすっくと立ち上がった。

「ちょっと待っていてくれ。机の上の物には、絶対に触らないように」

　そう言い終えるのももどかしく、有は珍しく全速力でキッチンに向かい、そして、同じ勢いで駆け戻ってきた。

　その手に握られてきたのは、ミニトマトが十個入ったパックである。数日前、スーパーマーケットでサラダに添えるために買ったものだ。

どれも真っ赤で美味《おい》しそうに見えるそれを、有は机の空いた場所にすべて取り出して置いた。

シリカはキョトンとして、ミニトマトと有の真剣な顔を交互に見る。

「なお？　ここでトマトを食べるの？」

「違う。食べるのは後だ。そうではなく……」

有はミニトマトを指して、こう言った。

「もし可能なら、ここにあるミニトマトを、赤色が濃い順に並べてみてくれないか？　もし、そんな差があるなら、だが」

口調が幾分煮え切らないのは、有の目には、ミニトマトはすべて同じくらい「真っ赤」に見えているからだ。

ところがシリカは、「わかった」と言うなり、一秒の躊躇《ちゅうちょ》もなく、十個のミニトマトを横一列に並べてみせた。

「右側が、赤色がちょっと薄い。左に向かって、順番に濃くなる。綺麗《きれい》だね」

「……僕には、それがわからないんだよ」

「えっ？」

心底驚いた様子のシリカに、有もまた、「信じられないな」と呟いてから、こう告げた。

「きちんと検査しないとハッキリしたことは言えないが、ほぼ間違いなく、君は『四色型色覚』の持ち主なんだろう」

「よんしょくがた？　しきかく？」

「色を見る能力のことだ。少し難しい話になるが」

小さく咳払《せきばら》いしてから、有はシリカの横に立ったまま、右手の指を三本立ててみせた。

「色の情報をキャッチするのは、眼球のいちばん内側にある膜、網膜の上にズラリと並ぶ、錐体《すいたい》細胞だ。錐体細胞は光受容細胞と言われ……」

「なお、ぜんぜんわかんない」

　ポカンとしているシリカに気づき、有は慌てて平易な言葉に言い換えた。

「ああ、すまない。医学用語は、簡単なことを敢《あ》えて難しく言う悪い癖があるからな。つまり、目の玉の内側には、普通、三つの色を感じるセンサーがある。赤を捉《とら》えるセンサー、緑を捉えるセンサー、青を捉えるセンサー」

「赤、緑、青。わかる」

「その三つの色の濃淡で、どんな色でも作ることができる。たとえば、オレンジ色は、緑を捉えるセンサーと赤を捉えるセンサーが頑張る。それで、オレンジ色だという刺激が、脳に伝わるんだ」

「へえ。目の中で、色を混ぜて作るんだ！」

「……少し違うが、まあ、そういう理解でいい。センサーを三つ持っている僕は、ここにあるミニトマトを、全部同じ色だと感じている」

するとシリカは、美しい目をパチパチさせた。

「違うよ。全然、違う。みんな違う色だよ？」

「それが、君の目が、僕と……いや、他の多くの人たちと違うという証拠だ」

「どう、違うの？　確かにわたしの目は、なおやトーコと違う色だね」

「それもあるが、内側にあるセンサーが、おそらく君の場合、もう一種類あるんだ。一種類多い分、より豊かな色彩を識別することができる」

「一種類、多い。それは、何色を見るセンサーなの？」

有はちょっと情けない顔で謝った。

「すまない。それは僕にはわからないな。講義では、鳥類の場合は紫外線を感知できるものだと習ったが……」

「またわかんない」

「返す返す、すまない。とにかく、人間の場合、まだそういう目の持ち主が少なくて、わからないことが多いんだ。でも、君が僕より遥《はる》かにカラフルな世界を見ているということがわかった」

「へえ……」

有は、シリカが綺麗に並べたミニトマトをパックに戻しながら、思いきって再び口を開いた。

「君を、僕の仕事に巻き込むことはすまいと思っていたが、今ばかりは、君のその目が必要だ。少しだけ、手伝ってくれるか？」

「いいよ！　何をすればいいの？」

シリカが快諾してくれたので、有は、シリカの両手にシリコン手袋をつけさせた。

それから、シリカの前に、トマトと共に持ってきたキッチンペーパーを二枚、並べて敷いた。

そして、くだんのラムネ容器を指さす。

「その容器の中のラムネを、全部こっちのペーパーの上に出してみてくれ」

「わかった。こう？」

黄色いプラスチックの蓋《ふた》を無造作に開け、シリカは小さなラムネの粒をすべて、ペーパーの上にあけた。

「富士山《ふじさん》みたいだね」

青いラムネの山に、シリカはそんな感想を口にする。

それを受け流し、有はこう言った。

「その中から、さっき言ったような、少しだけ色の違う粒をより分けてみてくれないか。こっちのペーパーに置いてくれればいい」

「いいよ。これ……それから、これ。これも。えっと……あとは、これと、これかな。他のやつより色が薄くて、ちょっとだけ黄色っぽい」

何十粒も入っている中から、シリカはあっという間に五粒だけをより分けた。

「確かか？　他に、同じように色の違う粒は？」

「ない」

シリカは断言し、不愉快そうに顔を歪《ゆが》めて、両手の指をワキワキと動かした。

「それより、これ、もう外していい？　指が気持ち悪い」

これまでも、聴覚や食感に鋭敏、あるいは過敏なところをみせてきたシリカである。あるいは触覚も鋭いのなら、指に密着する手袋はかなり不快なのに違いない。

有は慌てて頷《うなず》いた。

「ああ、勿論《もちろん》だ。ありがとう」

「もういいの？」

「十分だよ」

そう言うと、有は、シリカが外した手袋を受け取って、自分が身につけた。そして、キッチンペーパーにより分けられた「色の違う五粒」をペーパーで軽く包んで、キッチン用の保存袋にそっと収めた。

鑑識員の作業の見よう見まねだが、そう間違ってはいないはずだ。

「じゃあ、わたしは手を洗って、そのあとで顔も洗おう」

シリカがすたすたと寝室から出て行ったのを見届け、有はスマートホンを取り、少し躊躇《ためら》ってから、住所録から呼び出した番号にコールするアイコンを押した。

早朝もいいところだが、情報が早いことに腹を立てる人物ではないはずだ。

案の定、呼び出し音がワンフレーズ鳴り終わる前に、不機嫌な嗄《しわが》れ声が聞こえた。

『はい、日長。先生か？』

「朝早くすまない」

有がまず詫《わ》びると、日長は訝《いぶか》しそうな声で問いかけてきた。

『どした。何かあったか？』

有はどこか背徳的な高揚感を覚えつつ、囁《ささや》くようにこう告げた。

「もしかしたら、預かったポーチの中から、何か新しい手がかりを見つけられたかもしれない。出勤前に、どこかで会えないだろうか？」

4

電話から数時間後、日長と有は、JR神戸駅近くのドトールコーヒーショップで待ち合わせ、小さなテーブルを挟んで向かい合った。

極力、壁際の人目につかない席を選んだが、朝は皆、慌ただしく朝食を摂《と》って去って行くので、冴《さ》えない男ふたりにわざわざ注意を払う客はいないだろう。

「四色型色覚？　おいおい、朝っぱらから小難しいことはやめといたってくれや、先生。こちとらおつむの出来が桁外《けたはず》れに悪いんやで」

有から先刻の話を聞かされ、ポーチの中に入っていたラムネを見せられるなり、日長は心底嫌そうな顔でそんなことを言った。

朝はたいていこの手の店で食事をするという彼は、既にモーニングセットをほとんど平らげ、コーヒーも三杯目に口をつけている。

シリカと朝食を済ませてきたので、礼儀としてコーヒーを注文したものの、一口しか飲んでいない有は、理詰めで言い返した。

「皆、脳の構造に大差はない。働きに、得意と不得意があるだけだよ、日長さん」

「そうかもしれんけど、俺の脳は、捜査に能力を極振りされとるんや。それも、この目ぇで直接見て、足で稼ぐほうの捜査にな」

遠回しに、ハイテクや科学による捜査を嫌う発言をされて、有は困った様子で言い返した。

「僕とかかわるからには、医学や科学とも多少は仲良くしてくれないと困る。それに、四色型色覚は、そう難しい話ではない」

「先生にはそうかもしれんけど、俺は、その字面だけでも頭が痛《いと》うなるわ」

日長は鬱陶《うっとう》しそうな顔のまま、カップに残ったコーヒーを一気に飲み干した。甘いものと一緒でないときは、コーヒーにはミルクと砂糖をたっぷり入れたい有としては、ブラックでガンガン飲み続けられる日長に驚きを禁じ得ない。

「そんなことはない。シリカには生まれつき、他人より色を詳しく見分ける能力がある、ただそれだけの話だ。症例報告はまだまだ少ないし、珍しい能力であることは確かだが」

むう、と唸《うな》って、日長はビニール袋にそれぞれ分けて収納された、「容器に詰まった普通のラムネ」と、「シリカが見分けた、色違いの五粒」を幾度も見比べた。

「俺には、さっぱり区別がつかんで」

「僕にもだ」

「ほな、たとえこの五粒が他のラムネと違うもんでも、混ぜてしもたらお手上げやないか。その、四色なんちゃらは、相当珍しいんやろ?」

日長の疑問に、有は小馬鹿にすることなく、実直に答えた。

「そうだな。人間の目では、混ぜてしまうと日長さんの言うとおり、判別できなくなってしまうだろう。しかし、機械は人の目よりある意味、精密だ。ある種の機器を通せば、容易により分けることができるのではないだろうか」

「ふむ。そら、そうかもしれん」

日長は腹立たしげに鼻を鳴らした。

「駄菓子やら何やら、食い物に混ぜてヤクを流通させるっちゅうんはようある話やけど、人の目ではわからんほど色を似せてくるっちゅうんは、なかなか念が入っとる話やな」

ブックサ言いながら、彼は最後にとっておいたゆで卵の殻を剥《む》き始めた。

ごつい手だけに細かい作業は不得意らしく、デコボコになっていく白身に有は眉《まゆ》をひそめたが、いくらそれなりに親しくなったからといって、「やってあげよう」と手を出すのはまだ躊躇《ためら》われる距離感である。

「逆に考えれば、識別のための機器を持たない者には、決して混入させたものに気付かれることはない。そう思われていたかもしれないな」

有の指摘に、日長は一瞬手を止め、ギョロ目を光らせた。

「この五粒をラムネに紛らせた奴、あるいは奴等は、それがバレることとなんぞ想像もしとらんっちゅうことか」

有は、小さく頷《うなず》いた。

「その可能性はあるんじゃないか。まさか都合よく、こちらに四色型色覚の持ち主がいるなどとは想像していなかっただろうから。勿論《もちろん》、捜査は僕の仕事ではないから、的外れなことを考えているかもしれないが」

ようやく剝いた卵を真っ二つに割り、まずは白身だけのほうを口に放り込んで、日長はもぐもぐと咀嚼《そしゃく》しながら言った。

「いんや。俺も、その可能性はあると思う。そうそうおらんのやろ、四色丼《どん》の持ち主」

「四色丼ではなく、四色型色か……」

「もう、ええがな丼で。そやけど、あれからずっと一緒に暮らしとったんやな、あのひょろひょろした、けったいなガキ」

「シリカ」

「そやそや、そんな名前やった。どこぞのアイドルみたいな名前やけど、あの派手な見てくれにはよう似《にお》合うとるわ。あんたの恩師の、天河陶子さんの養子やったな」

「よく覚えているな。天河先生が亡くなったときには、日長さんにも本当に色々お世話になった」

「俺は自分の仕事をしただけや。いちいち礼は言わんでええ。っちゅうか、まさか、今度はあんたがシリカを養子にするんか？」

「まさか」

有は思わず軽くのけぞった。

「そんなことは、考えてもみなかった」

「ほな、いつまで同居を続けるんや？」

ごく当たり前の日長の疑問に、有は力なく首を横に振った。

「わからない。だが、年齢的には大人でも、彼がひとりでやっていけるとはまだ思えないし、天河先生にはとても返しきれない大きなご恩がある。その先生が僕に彼を託されたんだ。責任を果たさなくては」

そう言ったあと、有は急に口を噤《つぐ》み、それから「いや」と小さく咳払《せきばら》いした。

「そんな言い方をしては、いかにもいやいや預かっているようだな」

日長は、意外そうに太い眉を上げる。

「いやいやと違うんかいな」

「最初は確かにそうだったが、今は……存外、嫌でもない」

「それは、まずまず同居もええもんや、っちゅう意味かいな」

「まあ、そうなるかな。家に誰かがいるのも、思ったより悪くはないと知った」

そう言う間にも、有の色白な顔に、うっすら赤みが差す。日長は、へっと人の悪い笑みを浮かべた。

「独身もんが猫を飼うみたいなもんやな」

「人を猫と一緒にするのは」

ちょっと嫌そうに抗議する有の言葉を遮り、日長はきっぱり言い張った。

「同じやで。人でもハムスターでも犬でも猫でも。同じ命や。まあ、人間以外は、法律では『物品』扱いやし、人間のガキのほうが、大人の責任は遥《はる》かにでかいけどな。金もかかるし」

「それはそうだろう。……そういえば、日長さんは、ご家族は？」

恥じらい顔のまま、有は何となく訊《たず》ねてみた。しかし、その途端、日長の顔から表情がすっと消えた。

それはまるで、感情のスイッチをパチンと切ったような変化だった。

「日長さん？」

「まあ、俺のことはええて。それより、こっちや」

無表情のまま、日長は乱暴に話題を戻した。訝《いぶか》りながらも、こちらも遠慮深く、人間関係に淡泊な有なので、特に追及することなく、二人の間に置かれたラムネ容器と「色違いのラムネ」に視線を向ける。

「さっき日長さんは、これを『ヤク』と言ったな。もうこの『色違いのラムネ』の正体がわかっているのか？」

すると日長は、「いや」と短く否定した。

「これまで、見たことがないもんやな。そやけど、わざわざ錠剤の形に固めてあるっちゆうことは、ヤク関係やと思うんが自然やろ」

「なるほど」

「法医の先生にこないな話をするんは釈迦《しゃか》に説法やけど、最近では、危険ドラッグの種類も千差万別や」

有も、深刻な面持ちで頷く。日長は、煩わしそうに短い髪をガシガシと掻《か》いた。

「俺が若い頃は、ヤク言うたら覚醒《かくせい》剤やった。今も昔も人間を滅茶苦茶《めちゃくちゃ》にしよる悪魔の薬やけど、あれはそれなりに高価なもんや。乱用するうちに、同じ効果を得るために必要な量が増えて、効果は短《みじこ》うなって、ますます大金が要る」

吐き捨てるように言って、日長はゆで卵の白身の半分と黄身に塩をたっぷり振りかけ、大きな口を必要以上に開けて頬張った。

「そやけど、今日びのヤクは、摂取方法も色々、値段も色々や。十代の子供らが小遣いで買えるようなドラッグが、街に溢《あふ》れかえっとる」

日長の言葉に、有は深く頷いた。

「確かに、この五年ほどで、薬物が関係する事件がかなり増えた。しかも、年齢が若年層にシフトしつつあるな。十代の子供たちが薬物中毒に陥るケースも多いし、薬物中毒者が引き起こす交通事故も増えている」

「そや。しかも、本人らに罪の意識はさほどないんが怖いねん。友達から菓子を貰《もら》うような気軽さで、ドラッグに手を出しよる。ただの気軽な気晴らしで、いつでもやめられる。そない思うとるんやろな。アホや」

悔しさと腹立ちを最後のひと言に込めた日長に、やはり首肯で同意しつつ、有は言った。

「そのラムネが入っていたポーチ、焼死した男性が自分の身体と畳の間に入れて、炎から守ったものだったな？　もしや、その男性は、『色違いのラムネ』の存在を知っていたのでは？」

日長は、「それだ」と言わんばかりに、粉っぽい卵の黄身がついた人差し指の先を有に向けた。

「まあ、わざとそうしたんか、結果としてそうなってしもたんかはわからんけどな。そやけど、『色違いのラムネ』が入った容器をどないか守ろうとして、おのれの身体を張った可能性はあるわな」

「ああ。だとしたら、連続殺人事件とこの錠剤、何らかの関係性があるかもしれない。錠剤の成分を分析すれば……」

「そやな。事件を追うんに、大いに役立つ可能性はアリや」

日長は、気合いの入った顔つきで頷く。

有は、さりげなくスマートホンの電源を入れてみた。そろそろ大学に向かわなければ、遅刻してしまう時刻になりつつある。

「日長さん、悪いが僕はそろそろ行く。科捜研で調べてもらうんだろう？　『色違いのラムネ』の分析結果が出たら、何かのついででいいから、また教えてくれ」

そう言って、有は立ち上がろうとした。

しかし、日長は片手を上げて、それを素速く制止する。

「日長さん？ まだ何か？」

「そのことなんやけどな」

日長は、何でもズケズケ言う彼にしては珍しく、言いにくそうに切り出した。

「ちょー、科捜研には、この件ではもう何も頼まれへんねん」

「は？」

どうやら何か事情があるらしい。有は仕方なく、時間を気にしながらも浮かし掛けた尻《しり》を再び座席に落ち着ける。

「何かあったのか？」

有に問われて、日長はやはり歯切れの悪い口調で打ち明けた。

「上のほうが、俺が連続殺人を疑う一連の事件についてあれこれ動くんが、どうも気に入らんのやわ」

「上というのは、同じ東灘署の、横川警部？」

「係長の、まだ上や。つまり、少なくとも署長、もしかしたら、その上のお偉いさん連中も、かもしれんな」

「兵庫県警の？」

「おう。俺みたいな平刑事には、知りとうても詳しゅうはわからんことやけど」

有は驚いて、目を丸くする。冗談かと思ったが、日長の顔は真剣そのものだ。

「上層部は、いったいどうして日長さんの行動を嫌がるんだ？　もし、捜査の過程で警察が見落としていた事実が判明したら、それはまあ、不名誉かもしれないが、結果としていいことだろうに」

「ひとつは、俺のスタンドプレーやっちゅうことやろな。本部ですらない、所轄の一刑事が、都道府県をまたいであれこれ事件の資料をほじくり返しとったら、どうしても目についてまうし、ほじくられた署にしてみたら、気ぃ悪いやろ。どうも、どっかの署から県警本部《ほんてん》あてに、けっこう強めの苦情か抗議が入ったみたいやな」

「メンツの問題か。くだらないな」

「そない言いなや。医者の世界はどうか知らんけど、俺らは未《いま》だにメンツを大事にする組織やねん」

　有は、ゲンナリしていることを隠そうともせず、軽く苛立《いらだ》った口調で言い返した。

「警察がどんなに旧態依然とした組織であろうと、必要な捜査ならするべきだ。違うのか？」

「そらそうや。そやから、俺がやっとる。けどなあ、判明しそうな事実が大きければ大きいほど、世間の注目を集める。その注目の大半は、批判やら疑惑やら失望やら、まあ、警察にとって得なことは何もない。そやけど」

「まさか、真実にすっぽり蓋《ふた》をしておけば、少なくとも警察はそうしたネガティブイメージを持たれずに済むと？」

「そゆこっちゃな」

生来、生真面目な有は、その事なかれ主義の言いように腹を立て、腕組みして沈黙する。

日長も、大きな肩をバッファローのように揺すり上げ、悔しげに言った。

「横川係長も、最初のうちは、『あんまり派手に動きなや、あと、他の仕事の支障にならん程度にな』て、まあ消極的ではあるけど、好きにさしてくれとったんや。そやけど、急に、なんやその消極的に輪を掛けたっちゅうか」

「科捜研に検査や分析を頼むことを、止められた？」

有の推測は、当たっていたらしい。日長は不服そうな顔で頷《うなず》いた。

「そや。いざとなったら連携せんならん他府県の所轄と、確信もないことで波風立ててどないすんねん。あと、お前の個人的な憶測で、ただでさえ忙しい科捜研を用立てするんやない、て、昨日、あんたに会《お》うて署に戻った途端、係長に呼ばれて叱られてしもてな」

「それは……」

「まあ、現時点ではド正論や。そやけど、銃弾の線条痕《こん》のこともある。あと一つ二つ、物的証拠を積み上げれば、連続殺人の可能性はぐんと上がる。これからも調べていきたいて言うたんやけど……」

日長は、今度はスーツの肩をガクンと落とした。

「科捜研への個人的な依頼は禁止、あと……まあ、これは俺の落ち度やねんけどな」

「何かしたのか？」

「し忘れたんや」

「何を？」

「何とのうわかるやろ。俺、現場のことやったらなんぼでもやるけど、デスクワークが苦手でなあ」

　分かる気がする、という言葉を、有はそっと飲み込んで、視線だけで先を促す。日長は、しょんぼりという言葉がピッタリの情けない顔つきで白状した。

「あれこれ短期間に事件が混み合ったっちゅう事情はあんねんけど……ああいや、言い訳はアカンな。俺が担当する事件のご遺族さんに、ホトケさんの所持品の返却忘れが発覚してやな……」

「それは……いやしかし、謝って即座に返却すれば」

「それが、その忘れたもんが、他のご遺族さんに渡した荷物の中に紛れとってな」

「それはいけない、日長さん」

　有は、思わず真顔で、控えめながらも非難の言葉を口にしてしまう。

「面目次第もあらへん。それぞれのご遺族さんには平謝りやし、上司には『そらみたことか。自分の仕事もろくにできん癖に、要らんことに手ぇ出すな』て叱られて、始末書もようけぇ書くはめになるんやろな、これから」

「そうズバッと言うてくれるな。反省しとる。デスクワークが嫌いなもんやからつい溜《た》め込んで、一気にやろうとしたんがいかんかった。これからは、その都度やる」

ごく当然の反省の弁を述べる日長に、有は心配そうに言った。

「僕に向かって反省してくれる必要はないが……ということは、調査はこれで打ち切りか？」

「それこそ、まさか、や」

しょげていた日長の目に、再び光が戻ってくる。

「弾丸の線条痕を照合して、まだ正体のわからん奴の尻尾《しっぽ》の先をちょんと摘《つ》まんだとこや。先生が、っちゅうかあのガ……シリカがこの『色違いのラムネ』を見つけてくれたおかげで、尻尾の根っこをガッと摑《つか》めるかもしれん。そうしたら、さすがの上司も『やめろ』とはもう言えんやろ」

有のほうは、難しい顔つきで腕組みをする。

「シリカの目は確かだろうが、その『色違いのラムネ』の正体はまだわからないんだ。日長さんが思うような違法な薬物の類《たぐい》でないならば、期待外れの空振りに終わるかもしれないぞ」

「そのときは……いや、そのときはそのときや。まずは、このラムネっぽい何かの正体を確かめるこっちゃ」

「当然だろう」

「だが、科捜研には頼めないんだろう？」

「そこで、や」

日長は、有のほうへ上半身を近づけたまま、意味ありげな上目遣いをしてみせる。反射的に、有は軽くのけぞった。

「まさか、僕に調べろと？」

「他に、頼れる奴がどこにおるっちゅうねん」

もはや開き直った様子で、日長は堂々と「頼むわ」と言ってくる。

有は、たちまち困り顔で腕組みを解いた。

「無理だ。それこそ知っているだろうが、僕も中野君も、薬物関係で鑑定を手がけるのは、血中アルコール濃度だけだ。あとは、せいぜいキットを使って、尿中の依存性薬物の簡易検査をする程度だよ。うちの教室には、化学物質の分析機器がほとんどないんだ。旧式のガスクロマトグラフィーが一台あるきり。それも、いつ壊れるかわからない、昭和の遺物だし」

「知っとるけどもや」

「知っているなら、無茶を言わないでくれ。設備も知識も手技も、こんな未知の薬物を解析するには不足が過ぎる」

「わかっとるけどもや」

「わかっているなら！」

有は思わず語気を強めたが、日長は声量をまったく上げず、そのくせ、有を黙らせるに足る迫力を声音に込めた。

「重々承知で頼んどるんや。何も、先生にやれとは言うとらん。あの、お調子者の若造にも期待しとらん」

どうやら後者は、中野のことらしい。

有は困惑しきりで、日長のむさ苦しい顔をつくづくと見た。

「うちの教室には、あとひとりしかいないぞ。そして、薬物は、虎目教授も専門外だ」

「あんなぁ。さすがにこないなコソコソしたことに、お宅のボスは巻き込めんやろ」

「では、誰にやらせろと言うんだ」

「それを探してくれて頼んどんのや」

「どういう意味だ？」

訝《いぶか》る有に、日長はハッキリとこう言った。

「誰か、こっそり分析してくれる人を、あんたが探してくれ。俺が探すよりは、確かやろ」

驚きのあまり微妙にずれてしまった眼鏡を、有は呆《あき》れ顔で定位置に押し上げる。

「そんな人物にあてはない。それに、そんな勝手なことをしては、それこそ日長さんの立場がまずくなるだろう。分析には、『色違いのラムネ』をおそらく何粒か消費しなくてはならないんだぞ」

「んなことはわかっとる。そやけど、考えてみぃや、先生」

そう言うと、日長は、目の前のラムネ容器を太い指で示した。

「警察《かいしゃ》の連中は、誰も『色違いのラムネ』の存在には気付いとらん。容器の中にラムネが何粒入っとるかも、数えたりはしとらんやろ。っちゅうことは……」

「たとえ『色違いのラムネ』が何粒か消えたところで、誰も気にしないと？」

我が意を得たりと、日長はニッと不敵に笑って頷く。

「もし、どうでもええような成分やったら、それこそなかったことにしたらええ。そやけど、何ぞえらい結果が出たときには……そんときは、さすがに上も動かんとしゃーないやろ。勝手に分析してしもた責任は取らされるはずや。そやけど、首までは飛ばされんようにする。そこはどないかする」

「……どうにも作戦が杜撰《ずさん》だな」

呆れる有に構わず、日長は熱を帯びた口調で早口に言った。

「後のことは、後で考えたらええねん。今はとにかく、こいつを分析するんが第一や。誰でもええけど、口が堅《かと》うて、腕の確かな奴を探してくれ。できるだけ早《はよ》う。な、頼む」

「いや、それは無理……」

有が渋っているうちに、日長は「色違いのラムネ」が入っているビニール袋を開け、直接錠剤に触らないよう、不器用ながら意外と素速く、手持ちの小袋二つに、二粒と三粒に分けて入れた。

　そして、三粒入っているほうを、有にぐいと押しやる。

「日長さん、無理だと言っているのに」

「ええから。俺が念のため、二粒持っとく。あとは先生に預けるわ。頼む」

「いや、だから」

「頼んます。確かに頼んだで！」

　テーブルに両手をつき、有に深々と頭を下げたと思うと、日長は持参の大きなバッグに「色違いのラムネ二粒」と「ラムネの容器」、それに焼け焦げたピンク色のポーチがそれぞれ入ったビニール袋を収め、すっくと立ち上がった。

　そして、有にそれ以上抗議する隙を与えず、「ほなな！」と言うなり、どかどかと店を出て行ってしまう。

「……冗談だろう？」

　ひとり残された有は、呆然《ぼうぜん》と、目の前に置かれた三粒の「色違いのラムネ」を見下ろした。

（友達と呼べる人間もろくにいない僕に、こんなわけのわからない、薬物かどうかすらわからないような物体の解析を頼める相手なんか、いるわけがないじゃないか）

　有は、心の中で大いにぼやく。

　もしこれが、裁判所と所轄署からそれぞれ発行された令状に則《のっと》った検査であるなら、まだ心当たりはないでもない。

国内の法医学教室は数こそ決して多くないが、それぞれが得意の研究テーマを持っている。

ざっと記憶を辿《たど》っただけでも、薬物検査や解析に強い教室が、二つ三つはすぐ浮かぶ。有が直接頼むのはハードルが高すぎるが、学会でも人格者で通っている虎目を通じて依頼すれば、わりに簡単に引き受けてくれそうな気がする。

（だが、今はまだ、この案件は日長さんの個人的な調査だ。僕がそれを手伝っていることを、「法医学者は誰よりも法を重んじなくてはならない」と日頃から仰《おっしゃ》っている虎目先生が、手放しで喜んでくださるとは思えない）

喜ぶどころか、おそらく「即刻手を引きなさい」と叱られることだろう。

（駄目だ、とても虎目先生には言えない。ということは、法医学会の中で、依頼できる相手はいないということだ）

つい物思いに耽《ふけ》っていた有は、スマートホンがピピッと小さなメール着信音を立てたのに、ギョッとして我に返った。

電源を入れてみると、『センセ、どないかしはりましたん？　解剖入ってへんから、ゆっくり来ても大丈夫ですけど』という、中野からのショートメッセージが入っている。見れば、定時こそないものの、不文律として教室に入っているべき午前九時をとっくに過ぎている。

「まずい！」

とりあえず、「色違いのラムネ」が三粒入った小袋をハンドタオルでくるんでバッグに押し込み、有は立ち上がった。

とにかく、まずはみずからの仕事をきちんとして、頼まれごとについて検討するのは後にすべきだ。

日長の暑苦しい「頼むで」という声を頭からどうにか追い出し、有はスマートホンで、瀬良に電話をかけた。

そして、「よんどころない個人的な事情で、四十分ほど遅刻する」と連絡しながら、足早にN医科大学へと向かったのだった。

それから一週間は、何ごともなく過ぎた。

さすがに上司に叱責《しっせき》された手前、大人しく業務に励まねばならないのか、日長からは特に催促はなかった。ただ、例の「焼け焦げたピンクのポーチ」は、所轄署からの強い要求により返却せざるをえない、それでも、「色違いのラムネ」だけはこっそり所持しておく……と、メールでの連絡があっただけだ。

有自身も、講義と司法解剖、それに鑑定書作成や証人喚問の打ち合わせと、何かと用事が詰まって忙しく、仕事以外のことに時間を割く余裕がまったくなかった。

その分、帰宅も遅くなりがちで、有としてはシリカのことが気がかりだったのだが、低温室に入ってパニックに陥ったあの日の夜こそ少し精神的に不安定なところを見せたものの、その翌日からは、すっかり普段どおりの彼である。

日長に「色違いのラムネ」三粒を押しつけられたあの日は動転したが、そうやって多忙な日々を過ごすうち、有は次第に冷静さと、持ち前の用心深さを取り戻していた。

いくら日長が信頼してくれたことが嬉《うれ》しいとはいえ、互いに警察官と法医学者という、一般人以上に法の縛りを受けるべき職業に就いている二人だ。

こんな風に、法律違反ギリギリの、あるいは明らかに法を犯しかねないような調査には、関わらないほうがいい。

日長に謝って、「色違いのラムネ」を返却し、この件からはいったん手を引いたほうがいいのではなかろうか。有は、そう考え始めていた。

もし、日長がひとりでも調査を続け、そして本当に連続殺人の証拠を摑《つか》んだとしたら、その時点で、正式に協力を依頼してくれればいいのだ。それが筋というものだ。

ただ、あの迫力満点で押しの強い日長が、「断る」の一言で「そうか、残念だ」と引き下がってくれるとは思えない。

さて、どう言えばわかってくれるだろうと思い悩んでいるうちに、いたずらに日が過ぎてゆき……。

さらに翌週の火曜日、有と日長は、本来の「業務」で、共に解剖室にいた。

解剖台に載せられているのは、まだ十七歳、高校二年生の少年である。

神戸市内の私立高等学校に通っていた彼は、特にいじめや人間関係などの問題はなく、家族との関係も良好であったが、月曜日の放課後、突然、わけのわからないことを大声でわめきながら、校舎の三階の外階段から飛び降りたのだという。瀕死《ひんし》の状態で救急搬送されたが、病院でほどなく死亡し、医師により、死亡原因は脳挫傷《ざしょう》と診断された。高所よりの飛び降りで、コンクリートの地面に頭部を強打したのである。

よって、死因は明らかだが、飛び降りに至った経緯がまったく不明なため、変死体として司法解剖に回されたというわけだ。

「この子が外階段から飛び降りるところを目撃したのは……？」

この解剖の鑑定医である虎目は、死因となった脳挫傷を自分の目で確かめるべく、坊主頭の頭髪をさらに剃《そ》り、頭部の打撲傷を観察しながら問いを発した。

自分が質問されたと気付いた横川警部が、座っていた椅子からすぐさま立ち上がって、慇懃《いんぎん》に答える。

「たまさか通りかかった、部活で列になってランニングの最中やったバレーボール部の部員たち、二十一人です。頭上から、『世界に羽ばたく！』っちゅう甲高いわめき声が聞こえたんで、驚いて上を見たら、ホトケさんがまさに……ある部員の言葉を借りれば、ムササビみたいにダイナミックに飛び降りるとこやったと、そういうわけですわ」

それを聞いて、虎目の手伝いをしていた中野は、マスクをしていてもわかるくらい激しく顔をしかめてみせた。

「ちょ、待ってくださいよ。それ、二十一人全員が、この子が地面にグシャッといくとこ、見てしもたわけですか」

横川も、嫌そうな顔で首を振る。

「まあ、何人かは目をそらしたらしいですけど、怖いもんみたさで、結構な人数が見てしもたようですね。自分らの事情聴取でも、動揺して泣いとる子がたくさんおりました。学校側が、今日は部員たちを自宅待機にさせて親御さんによう注意して見といてもらって、急ぎカウンセラーを手配するっちゅうことですが」

「うえぇ。カウンセラーに喋《しゃべ》ったところで、目に焼き付いた光景は、忘れられるわけがあれへん。きっついなあ。ねえ、センセ」

いきなり話を振られて、ひとりで体幹の解剖を進めている有も、浮かない顔で同意した。

「……そうだな」

「あ。すんません。俺、うっかり。そういうつもりやなかったんですけど」

有の鈍い反応から、ようやく宮入ソウスケの自殺のことを思い出したのだろう、中野は酷《ひど》く慌てた様子で詫《わ》びた。

有は、やはり陰鬱《いんうつ》な顔で、小さく首を横に振る。

「気にしないでくれ」

「そやけど……うう、すんません、ホンマに」

お喋りで調子のいい中野も、この場でこの話題に有を巻き込んだことには、本当に罪の意識を感じたらしい。珍しくしおしおと作業に戻る。

当の有とて、飛び降り自殺とおぼしき遺体を前にしては、宮入ソウスケのことを考えずにはいられない。

それでも、彼が平常心を保てると信じて司法解剖のメンバーでいさせてくれた虎目の期待に応《こた》えなくてはと、必死で仕事に没頭しようとしているのだ。

(余計なことは考えるな。目の前の遺体のことだけを見ていろ)

自分自身に言い聞かせつつ、有は深呼吸をひとつして、メスを握り直した。

頸部《けいぶ》の柔らかく薄い皮膚を注意深く剝離《はくり》し、左右に開く。

それから、オトガイに深くメスを入れ、下《か》顎《がく》骨の内側のラインに沿うようにまずは右へ、次に左へとメスを動かしていき、切開した部位から舌を引き出す。

その舌を手がかりにして、咽頭《いんとう》、喉頭《こうとう》、食道、気管、気管支と左右の肺までを一続きに摘出するのが、司法解剖のやり方だ。

まだ教室に入りたての頃は、虎目に教わってもなかなか言われたとおりにはできなかった有だが、今では、神経を使う大仕事には違いないものの、スムーズに摘出が行えるようになった。

まさに、継続は力なり、である。

「センセ、あの、臓器の所見そろそろ言いはるんやったら、俺、写真撮って、メモも取りますわ」

さっきの失言の埋め合わせのつもりか、虎目の手伝いに目処《めど》をつけた中野が、首にカメラを提げ、筆記用箋《ようせん》を挟んだボードとエンピツを持ってやってくる。

「あっちはもういいのか？」

「ええです。いつでもどうぞ！」

中野が神妙な態度でカメラを構えるので、有はむしろ落ち着かない気持ちで、それでもありがたく補助を任せることにした。

たとえ明らかに直接死因と関係がなくても、摘出した臓器はすべて写真に収め、切開して所見を述べる。

何しろ遺体は解剖後に荼毘《だび》に付されるので、後から何か必要な所見が出ても、もはや取り返しがつかない。遺体のほぼすべてが鑑定対象である以上、捜査には必要ないと思われる所見も、取れるだけ取っておかなくてはならないのだ。

「では、舌《ぜつ》から。白苔《はくたい》の付着などはなし、落下時の衝撃によるものか、歯牙《しが》によると思われる損傷あり。中野君、ここを撮っておいてくれ」

「ラジャー！」

中野はボードを小脇に抱えると、器用にそのままカメラを構え、損傷部位に短いスケールを当てて写真を撮る。

それが終わるのを待ち、有はハサミで咽頭から食道へと粘膜を切開し始めた。

食道下部まで切開し、壁を左右に開いた瞬間、有と、覗《のぞ》き込んでいた中野の口から、同時に「ん？」と声が上がった。

「どないした……はったんですか？」

うっかりタメ口で喋りそうになった日長が、京都弁のようなごまかし方をしながらやってくる。

有より早く、中野がゴム手袋をはめた指先で、食道下部の粘膜の一部を指さす。

「何ぞ、べたーっとくっついてますね。ペーストみたいな」

「お、ホンマや。なんやろな、これ」

二人の言うとおり、淡いピンク色の食道粘膜に、何か白っぽい歯磨きのようなものが、ごく少量貼り付いている。

有は、首を傾げた。

「何かはわからないが、採取しておこう。中野君、写真を撮ってから、小さくていいから、チューブを一本くれないか。この付着物は、全量採取」

「はーい」

中野が写真撮影をしている間、有は、隣の台に移動した。

四角い車輪つきの台の上には、胃と十二指腸、そして膵臓《すいぞう》を一続きに摘出して載せてある。

「食道に付着していたものが、胃内容として確認できるかもしれない」

そう言って、有は注意深く胃を切開した。

胃の内容物は、消化の度合いから、最後の食事の内容、そして食事から死亡までの経過時間を推測することができ、極めて重要なものだ。

まずは内容物を肉眼で確認し、それから水を掛けながら少しずつ目の細かいざるで濾《こ》し、さらに詳しく調べていくというのが手順である。

「胃内容は……これは昼食の名残だな。消化の悪いタケノコの破片と、あとは肉の脂身……豚肉かな。薄切りの肉片がそれぞれ少量入っている」

「ふむふむ」

中野の脇からボードを引き抜いた日長が、自前のボールペンでゴリゴリとメモを取り始める。視線で感謝を表して、有は家庭用のスプーンを持ち、さらに胃内容を掬《すく》い上げた。

「他は特筆すべきものはないな。しかし、さっきのペースト状のものが、胃内容にも溶け込んでいるかもしれないから、これも少し採取しておこう」

「おう、それがええですな。わかるんやったら、俺が容器を取ってきますけど」

日長の申し出に、有は素直に指示を出す。

「ありがとうございます。そこの戸棚にズラッと並んでいるプラケを一つ」

「おお、了解」

戸棚に向かう日長の姿を横目に見送り、上司である横川は、虎目に近づいて耳打ちした。

「初日はえらい揉《も》め方したくせに、うちの日長と杉石先生、えらい仲良うなりましたな」

虎目は、臨床医が頭部損傷部を縫合した糸をハサミで慎重に切りながら、平板に答える。

「いいことだと思うがね。お互い、大人でプロだ。解剖室では割り切って協力するのが当たり前だろう」

「そらそうですけど、ホッとするやら不思議やらで」

「そうかね？　あの二人、仕事に対する熱意と生真面目さは、よく似ていると思うが」

「似とる？　そうですかねえ」

「似ているよ。組織の中で、どこか生きづらそうなところも」

「はい？」

ぼんやりと日長と有を見ていた横川は、虎目の言葉を捉《とら》え損ねて訊《き》き直す。

「いや、何でもない。それより、こちらも撮影と筆記をお願いしたいんだが」

「了解しました！　おい、カメラ！」

いかにも上司らしく、横川は若い部下を横柄に呼びつける。

解剖室には、虎目と有が所見を述べる声が交互に響き、司法解剖は粛々と進んでいった。

「はー、しんど。結局、自殺疑いですか。解剖し損のされ損っすね、正直なとこ」

片付けを終えてセミナー室に戻ってきた中野は、開口一番、そんな愚痴を言った。

「し損のされ損て、えらい言いようやねえ」

秘書の瀬良が、お茶を淹《い》れてやるべく立ち上がりながら、やんわりと窘《たしな》める。

「いやー、だって。目撃者がいるんだから、本来、自殺確定で、検案だけでええような案件ですやん。ねえ、杉石センセ」

同意を求められた有は、自席で遅い昼食のサンドイッチを食べながら、やや迷惑そうな顔をする。

「だが、警察はまだ自殺の原因になるような情報を得ていないそうだ。自殺と断定できない以上、司法解剖はやむを得ないだろう」

「そらそうなんですけどね。内臓やら血液やら尿やら、色々サンプル採ったけど、目新しい言うたら、あの食道に貼り付いてた歯磨きみたいなやつ、あれだけですやん」

「そうだな」

そこは有も控えめに同意する。

「あれ、一応、マイナス二十度のフリーザーにぶち込んどきましたけど、どないします？」

中野に問われて、有は曖昧《あいまい》に首を傾げた。

「半分は、科捜研に回すべく所轄が持って帰ったんだろう？」

「はい。あと半分はうちに残してますよ？　何ぞ調べます？」

「調べるといっても……」

先日、日長にしたような、「経験がない・分析機器がない・ノウハウがない」という弁解を有がしようとしたそのとき、教授室から出て来た虎目が、珍しく二人の会話に口を挟んだ。

「サンプルを使っても構わないなら、分析を試みてはどうかね」

「ですが、先生」

有に皆まで言わせず、虎目はこう提案した。

「さすがに、科捜研と同等の機器をここに揃えるのは無理だ。しかし、実は簡単な薬物分析を、学生実習で行えるようにしたいと思っていてね」

虎目の言葉に、有は目を見張る。

「学生実習で、ですか？」

「うむ。せっかく法医学教室に来てくれるのに、いつまでもルミノール反応やら、DNA抽出実験やらでは、子供騙《だま》しのようなものだろう。失礼ではないかと常々思っていてね。もう少し、高等なことをやらせてやりたい」

「それが、薬物の分析ですか？」

中野も興味を惹《ひ》かれた様子で問いかける。虎目は、穏やかに微笑んで頷《うなず》いた。

「自分たちで相談しながらプロトコールを組み立てて、検査を順番に進めていくという実習も、必要ではないかと思うんだ。そこで、だ」

　虎目は有の席に歩み寄り、空いた椅子に腰掛けてこう切り出した。

「少し遠いが、京都市にあるU大薬学部の教授が、わたしの後輩でね。学生実習用のプログラムを組んでくれるというんだよ。君、ちょっと行って、そのあたりを学ぶついでに、自分の腕も磨いてきてはどうかな」

　有は、思いがけない申し出に、半ばぼんやりして返事をした。

「それは……構いませんが、僕で大丈夫でしょうか。薬理学の成績は、惨憺《さんたん》たるものでしたが」

「給料を貰《もら》うようになってからが、本当の学びだよ、杉石先生」

「あのう、虎目先生、俺は？　俺も行きたいですわ、それ」

　中野は期待の眼差《まなざ》しでそう言ったが、虎目は苦笑いでかぶりを振った。

「さすがに、二人ともいなくなってしまっては、わたしが困る。君はいてくれ」

「えー」

「帰ってきた杉石先生から、色々教えてもらえばいい。実際に新しい機器を購入するにあたっては、中野君の意見も大いに反映させよう」

「おっ、それは嬉《うれ》しいですね。おニューの機器、いちばん使うのは俺ですしね。よーし、今の内に、カタログ色々取り寄せとこ。うちは貧乏所帯やから、うんと値切らせてもらわんと」

早くも張り切った口調でそう言うと、中野は簡易キッチンのほうへ軽やかな足取りで去っていく。

日頃から、最新鋭とはとても言い難い機器をメンテナンスに出したり、修理したり、果てはなだめすかしたりしてどうにか使い続けている彼だけに、新しい機器を購入するというのは、ついはしゃいでしまうくらい嬉しいことなのだろう。

「どうかね。行ってくれるかね」

改めて問い直した虎目に、有は少し躊躇《ためら》ってから返事をした。

「勿論《もちろん》です。日帰りできる場所でしょうか。その……シリカのことがあるので」

「ああ、無論、遅くならないよう、わたしから頼んでおくよ。日帰りで二、三日通えば、基礎の基礎くらいは身につくだろう。先方にも、そう長くお世話になるわけにはいかないからね」

「はい。では、喜んで行かせていただきます」

「ありがとう。早速連絡してみよう」

そう言うと、虎目もホッとした様子で教授室へ帰っていく。

(思いがけないことになったな……)

有は、サンドイッチの横に置いたスマートホンに目をやった。

上司の横川が一緒だったので、日長と顔を合わせはしたが、例の「色違いのラムネ」について、ひいては日長の「調査」自体について、いったん手を引きたいと話すチャンスはついに訪れなかった。

やはりここは勇気を振り絞り、改めて別の機会に連絡するしかないだろうか。

そう考えていたところに、虎目の提案である。

薬理学教室といえば、薬物のプロフェッショナルが集うところだ。

虎目が「学生実習用の薬物分析プログラム」の作成を依頼するくらいだから、おそらくもっと高度な薬物の分析も行っているに違いない。

（今日、採取したサンプルだけでなく、あわよくば「色違いのラムネ」の分析も……）

思わずそんなことを考えてしまい、有はぶんぶんと首を振った。

（二、三日の通いの「実習生」が、そんなことまでやれるはずがない。調子のいいことを考えるな）

胸の中で自分を窘めたものの、あるいは、という気持ちは捨てきれない。

あの日長相手にきっぱり断るよりは、何らかのアクションをして、「やはり無理だった」というワンクッションを置きたいという気弱な思いが、有の胸の奥には確かに存在している。

（日長さんとは、これからも司法解剖で顔を合わせることになる。人間関係をここで悪化させたくはない……）

日長が急《せ》かしてこない以上、彼も、しばらくは大人しくしているつもりなのだろう。

ならば、とりあえず「色違いのラムネ」はもう少し手元に預かったまま、U大学薬学部に修業に出てみよう。

ひとまずそんな妥協案をとりまとめ、有は少しだけ落ちついた気持ちで、ツナサンドイッチを頰張った……。

有が、U大学薬学部へと「修業」に出たのは、翌週の月曜日だった。

JR京都駅から、タクシーで鴨川《かもがわ》沿いに十五分ほど北上したあたりに、U大学のキャンパスはある。

総合大学なので、学部は多く、キャンパスはいくつかに分かれているそうだが、薬学部の建物は鴨川を望む風雅なロケーションで、いかにも古き良き昭和建築の趣のある重厚な校舎も京都らしく美しい。

事務室で来客者用のネームカードを作ってもらい、薄暗い廊下を通り抜け、ミシミシと軋《きし》むエレベーターで四階に上がると、目当ての「稲田《いなだ》研」にたどり着く。

「やあ、どうもどうも、はじめまして、稲田です」

研究室の長であり、虎目の後輩だという稲田は、おそらくはまだ五十代前半と思われる、若々しさの残る人物だった。

快活に挨拶《あいさつ》をして、右手を差し出され、有は一瞬、ポカンとしてしまう。

すぐに握手を求められているのだと気付いて応じたものの、他人に触れられるのが苦手、しかも握手には慣れていないので、勝手に全身に鳥肌が立ってしまう。

スーツを着てきたので、腕が露出していなくて本当によかったと思う有をよそに、稲田は教授室に有を迎え入れ、ソファーを勧めてくれた。

「失礼します」

有が腰掛けると、教室秘書が冷たい麦茶を持ってきてくれる。

「まだ暑いねえ。さ、どうぞどうぞ」

促され、有が麦茶のグラスに口をつけるのを見ながら、ジョン・レノンを思わせる丸眼鏡をかけた稲田は、「サザエさん」のキャラクターによく似た丸い輪郭の顔をほころばせた。

「虎目先生はお元気ですか」

有は慌ててグラスをテーブルに戻し、背筋を伸ばす。

「はい、とても。稲田先生は、虎目先生の後輩にあたられるとか」

すると稲田は、あははは、と声を上げて笑った。

「後輩。そう、そうね、確かに。でも、その関係性を選んでくださるあたりが、虎目先生だなあ」

「……それは、どういう？」

「実はねえ、虎目先生は、僕の高校の大先輩でもあり、先生でもあるのね」

「と仰《おっしゃ》ると？」

「虎目先生は、医大生時代、まだ小学生だった僕の家庭教師をしてくださってね」

「……家庭教師！」

驚く有に、稲田はまた笑った。

「人生の早い段階で、インテリジェンス溢《あふ》れる若き紳士だった虎目先生の薫陶を受け、激しく憧《あこが》れた僕は、先生と同じ高校に入るべく、猛烈に勉強した。そのおかげで、今日があるというわけだよ。医者にはならなかったが、まあ、薬学なら、同じ業界と言っても過言ではない」

「なるほど」

納得した有は、片手でポンと腿《もも》を叩《たた》く。

「だから、教え子と仰っていいのに、後輩と言って、僕を立ててくださったんだねえ。ありがたい、ありがたい、ありがたい」

奇妙な抑揚をつけて「ありがたい」を繰り返してから、稲田はおもむろに本題に入った。

「で、学生実習用の薬物分析プログラムを、ということだったけれど」

「はい、うちの教室は、皆、薬物の分析には弱いので、基礎から教えていただきたいと思いまして」

有がしゃちほこばって答えると、「まあ、楽に」と声を掛けてから、稲田は肉付きのいい手を顎《あご》に当て、考えながら口を開いた。

「そうねえ。一応、医学部でも、薬理の実習なんかはあるんだろうね？」

有は、学生時代を思い出しながら頷《うなず》いた。

「はい。とてもベーシックなものですが、酸・塩基滴定《てきてい》や、酸化還元滴定……でしたか」

「ああ、いわゆる、本当にベーシックな実験器具の取り扱いに慣れろって奴ね」

「はい。あとは濃度測定、pH測定……他にもあった気がしますが、すみません、正直、あまり印象に残っていなくて」

「あははは、先生はおいくつだったかな」

「もうすぐ三十五になります」

「じゃあ、そろそろ学生時代は遠くなりにけり、だろうね。仕方ない」

そう言いながら、稲田は立ち上がり、スチールの棚から紙製のバインダーを取り、ソファーに戻ってきた。

有の向かいに腰を下ろした彼は、バインダーから薄い冊子を抜き出して、有の前に置いた。

「これは、うちの学生にやらせている実習のテキストなんだけどね」

「拝見します」

有がパラパラと中身を見始めると、稲田はこう言った。

「学生実習のうち、薬物分析につかうのは、一日だよね？」

「そうなると思います」

「じゃあ、どうせなら面白くて実用性があって、そう難しくない奴がいいな。んー、だったら、このへん」

　腰を中途半端に浮かせた稲田は、有のテキストのページをパパッとめくった。

「カフェイン実習なんてどう？」

　有は、意外な提案に目をパチパチさせる。

「カフェイン実習、ですか？」

「うん。学生をグループに分けて、被験者と評価者を決める。で、その両者を盲検化した二重盲検比較試験の方式でさ、そうだなあ、指標はクレペリンテストを用いた暗算の作業量あたりが、楽しくていいんじゃない？　カフェインの中枢神経興奮作用を身をもって味わえて、評価もできる」

「ちょ……ちょっと待ってください。理解が」

「追いつかない？　ま、あとでゆっくりテキストを読んでみてよ。うちの若い衆に、実習のレッスンに付き合ってもらえばいい。やっぱり臨床実習からの、薬理作用の学習でしょ。身体で味わわないと、知識が脳に染みつかないからねえ」

「確かに」

「学生を被験者にするなら、摂取させるのはカフェインあたりがいちばん抵抗がないんじゃないかねえ。勿論《もちろん》、カフェインに対する過敏な反応の既往がないかどうか、よく確かめてやらなきゃ駄目だけど。どう、それでやってみる？」

「はい、是非！」

有が頷くと、稲田は満足げに頷いた。

「よーしよし、じゃあ、それでいこう」

彼の声を、扉の外で聞いていたのだろうか。絶妙なタイミングで、ノックの音が聞こえる。

「どうぞ」

「失礼します」

溌剌《はつらつ》とした声でそう言って入ってきたのは、白衣姿の女性だった。

年齢は三十代半ばくらい、短めのボブカットの髪をヘアバンドでまとめ、Tシャツとカーゴパンツ、それにサンダル履きというラフな服装をしている。

色白でそばかすの目立つ顔は、おそらくファンデーションを塗らず、マスカラと口紅だけをつけているのだろう。

顔の造作が全体的に大きいので、そんな最低限のメイクアップが実に効果的に映えている。絶世の美人ではないかもしれないが、実に生き生きとした魅力的な顔立ちだ。

だが、弾《はじ》かれたように立ち上がった有が、そんな彼女の顔を凝視したのは、決して彼女に魅力を感じたからではない。

同様に女性のほうも、有の顔を呆気《あっけ》に取られた様子で見ている。

「あれあれ？　どうかした？　君たち、もしかして知り合いか何か？」

口もきけずに呆然《ぼうぜん》とする有に対して、女性の顔からは驚きの色が徐々に薄れ、入れ替わりに、喜びの色が少しずつ広がっていく。

その深い赤に彩られた唇から飛び出したのは、中野が聞いたら大喜びしそうな呼び名だった。

「有ちゃん⁉」

5

「アホやわあ、私。杉石なんて名前、けっこう珍しいんやから、そこでピンと来とけって話やんね。まさか有ちゃんやったなんて」

稲田研の実験室は、法医学教室の半分くらいの大きさだった。同じサイズの実験室が、あと二つあるらしい。

そのうちの一室で、さっきの女性と有は、並んでスツールに腰掛け、実験机に向かっている。室内には、他の人は誰もいない。

有も、ようやく衝撃から覚めた様子で、ぎこちない笑みを痩《や》せた頰に浮かべた。

「僕も、まさか君がここにいるとは……真壁《まかべ》さん」

「みかげちゃんでいいのにって、あの頃も言うとったでしょうに」

「それは、ちょっと」

口ごもる有に、女性……真壁みかげは可笑《おか》しそうに笑った。

「相変わらず、照れ屋さんやなあ。十四年？　十五年ぶり？　なんにせよ、全然変わってはらへんね」

「君も……いや、君はちょっと変わったかな」

「それ、単に髪型の話やろ」

そう言って、みかげは髪が胸まで伸びているさまを両手で表現する。有は、照れ臭そうに頷《うなず》いた。

そのアクションのおかげで、出会った頃のみかげの姿がありありと脳裏に甦《よみがえ》り、有の胸に懐かしさがこみ上げる。

六年間も大学生活を送りながら、ついにプライベートでも会うような友達はひとりもできなかった有だが、そんな存在になっていたかもしれない唯一の人物が、この真壁みかげだった。

彼女は、N医科大学で、有の同期生だった……途中までは。

入学直後の週末、新入生を対象に、大学主催の研修合宿が行われた。

新入生全員と、各教室・医局の代表者数名ずつ、それに生徒会のメンバーを中心とした在校生各学年代表が、郊外の研修施設に集められ、二泊三日、生活を共にしつつ、ゲームやスポーツ、ディベートなどを通じて親睦《しんぼく》を深めようという行事である。

何しろN医科大学は医学部のみの単科大学なので、一学年はせいぜい百人ほどしかいない。六年生までの全学生を合わせても、六百人前後といったところだ。

しかも、基本的に一科目の落第も許されないので、留年・休学・退学と、毎年、メンツが少しずつ入れ替わったり、減ったりする。

勉強漬けの過酷な六年間をスムーズに切り抜けられるよう、助けてもらえる、あるいは助け合える知り合いをできるだけ多く持っておいたほうがいい。

研修合宿は、ある意味、大学からの思いやりのようなものだ。

しかし、人見知りで集団生活が苦手な有にとっては、その合宿は苦痛そのものだった。

とにかく人との繋《つな》がりを作るのが目的なだけあって、ほぼすべてのレクリエーションが、グループ、もしくはペアで取り組むように計画されている。

自分から他人に働きかけることができず、どんなレクリエーションでもペア分け、グループ分けで取り残される有に声をかけてきたのが、みかげだった。

「なあ、あんたもこのわざとらしい仲良しごっこ、嫌いなん？」

そう問いかけてきたみかげに、有はどう答えるべきか迷い、結局素直に頷いた。

すると彼女は破顔一笑して、「ほな、ちょうどええわ。ひとりとひとりでペアになろ。協力はするけど、お友達プレイはなしでいこや」と言った。

とてもぶっきらぼうな言いようではあったが、有は酷《ひど》く救われた気分で彼女の誘いに乗り、おかげでどうにか合宿を切り抜けることができた。

以来、何となく気が合った二人は、講義室で顔を合わせると、よく隣どうしの席に着いた。

時には講義をさぼってお茶を飲んだりもしたし、自習室で共に試験勉強もした。

同じ、他人とあまり馴《な》れ合わないタイプだとしても、物怖《ものお》じせず言うべきことは言う、一匹狼を地でいくみかげは、学年で一目置かれていたし、有はといえば、やはり大学でも空気のような扱いを受けていた。

そんな似ているところと正反対なところを持つふたりなので、余計にほどよい距離を保って付き合えたのかもしれない。

有は初めて、みかげとならば本物の友人になれるのではないかと夢想した。

しかし彼女は、医学部の一年目を終えたところで、実に潔く退学してしまったのである。

「医学部の雰囲気、なんか好きになられへんわ。ここに馴染《なじ》めても馴染まれへんかってもしんどそうやし、もっと気持ちよう勉強できるとこに行き直す」

それが、理由を訊《たず》ねた有に対する、みかげの答えだった。

以来、彼女からの連絡はふっつり途絶え、有はそのまま「空気」として、孤独な医学部生活を続けたのだった。

「薬学部に入ったんはなぁ、うちの親が漢方薬局やっとるからなんよ。私、ひとり娘やからさ。別に頼まれたわけやないけど、二度目の大学の学費を出してもらうからには、跡《あと》を継がんなんな、て思うて」

「……なるほど」

「ほんでこの実習な、カフェインはコーヒーで摂《と》ってもらうんやけど、盲検やから、かたっぽカフェイン入り、もうかたっぽはカフェイン抜きやんか。どうするかって言うたら、ノンカフェインのアイスコーヒーを用意してな、片方にカフェインきっちり量って入れるねん。八百ミリグラム」

　十五年の空白を簡潔に語り、シームレスに実験の説明に入るみかげに、有は目を白黒させてどうにか話についていく。

　ひとしきり、実験の実際の段取りについてのレクチャーを終えたみかげは、「一休みする前に」と前置きして、いきなりこう言った。

「なあ、ハッキリ言うとかんと気まずいやろから、敢《あ》えて言うけど。例の件、知っとるよ。テレビや新聞やネットでよう見た」

　それが宮入ソウスケのことだとすぐに気付いて、有はモソリと頷く。

「うん」

　世間を騒がせた事件なので、みかげが知らないはずはないと思ったし、それが有だとすぐに気付いただろうとも思っていたので、驚きはなかった。むしろ、彼女から言い出してくれて、有としてはありがたいくらいだったのだ。

「みんながそれぞれ難儀やったね。おつかれ」

　驚くほどざっくりした口調でそれだけ言って、みかげはちょっと困ったような、眉尻《まゆじり》を下げた笑みを浮かべて有を見た。

　相変わらずのぶっきらぼうな労《いたわ》りが胸に滲《し》みて、有は言葉に詰まってしまう。

　そんな有の二の腕を軽く小突いて、みかげは「相変わらずやな！」と今度は明るく笑った。

「はー、一休みしたら、実際にカフェイン実習、二人だけやけどやってみようと思うねんけどさ。最初に稲田先生に聞いた話やと、学生さんに薬物分析をやらせたいんやんな？」

「ああ、う、うん。そうなんだ」

「となると、これだけやったら物足りひんよね。かと言うて、あんまし特殊な機器を使わせるんもアレやし、そこそこお安い機器を買《こ》うてもろたらできるような分析……。吸光度計ある？」

「古くてもよければ」

「まあ、動くんやったらええよ。液クロは？」

「液クロマトグラフィーは……ない」

「ほな、せめて液クロを買ってもらい。それ使《つこ》うてできそうな分析実習のネタ、明日《あした》くらいまでに考えとくわ」

「いいのか？　すまないな」

「ええのええの。稲田先生が、しっかり面倒みたってって言わはって、科捜研まわりのめんどくさい仕事、他の人に振ってくれはったから、わりに暇なんよ」

　みかげは何の気なしにそう言ったが、有は突然発せられた耳慣れた言葉に、反射的に反応した。

「科捜研!?」

面食らった様子のみかげは、すぐにポンと手を打った。

「そっか、有ちゃん、法医学の人になったんやもんね、科捜研は私らなんかより、よっぽどマイフレンドやな」

「いや……そこまで仲良くはない」

「そうなん？」

「というか、真壁さんは、どうして科捜研と関係が？　科捜研まわりの仕事、というのはいったい」

有はごく自然な問いを発したつもりだったが、みかげは呆《あき》れ顔で有を軽く睨《にら》んだ。

「うちの研究室の仕事、知らんと来たん？」

咎《とが》められて、有は素直に謝る。

「すまない。よく知らない」

「そういうとこ、一周回って、正直でええわ。まあ、本業は色々グループによって研究テーマがあんねんけど、副業っちゅうか片手間っちゅうか、京都府警のコンサルトを受けて、ドラッグ関係の詳細な分析をやったり、科捜研と共同研究したりしとるんよ。お互い、薬物の定性定量の腕は、切磋《せっさ》琢磨《たくま》して向上させていかんと、最近のドラッグは、ほんま次々新しいのが……」

「ドラッグ!?」

あまりのことに、有は人生でも指折りの大声を上げてしまう。

「な、何やの」

驚いたみかげに、有はさらに詰め寄った。

「本当に？　ドラッグの詳細な分析を!?」

「嘘ついてどないすんのや」

「いや、嘘でなくてよかった。あ、いや、よかったというか……ああ、困ったな。どう言えばいいものか。というか、言ってもいいものか」

あまりにも渡りに船な状況すぎて、むしろ狼狽《うろた》えてしまった有に、みかげは少し苛《いら》ついた様子で詰問してきた。

「ちょっと、はっきり言うて。何やの？」

「あ、いや、その、稲田先生から聞いていないだろうか。実習の他に、司法解剖で採取したサンプルを……」

みかげはちょっと天井を見上げ、すぐに頷《うなず》いた。

「ああ、なんや食道にへばりついとった何かを分析してみたいとか言うてたっけ。一般的な分析でよかったら、試してもらえるよ？」

「ああ、是非。だが、それとは別に……実は、とあるサンプルを持ってきているんだ」

有がそう打ち明けると、みかげは特に面白くもなさそうに「ふうん？」と相づちを打った。

「それも、自分で分析したいん？　時間あるんやったら、やってみたらええん違《ちゃ》う？」

「いや」

有は少し考え、思いきって下腹に力を入れて、声を励ました。

「僕はそこまで自分を信用できない。確かな腕を持つ人に、分析を頼みたいサンプルなんだ」

みかげは、ちょっと嫌そうな顔をする。

「……その、確かな腕を持つ人っていうんは」

「真壁さんが、もし、よければだが、お願いしたい。これは教室のことではなく、個人的なサンプルなんだが」

「個人的ぃ？」

みかげは、くっきりした弓なりの眉《まゆ》を、右だけヒョイと上げる。器用な表情の作り方だ。

有は、正直に答えた。

「まだ、個人的だ」

「どういうこと？」

「もし、分析結果が何かシリアスなことであれば、警察が動く、のではないかと思われる」

「ビミョーな物言いやね。そやかて、警察沙汰《ざた》になりそうなんやったら、それこそ科捜研にやってもろたら」

有は、困りながらも、どうにか最小限の情報提供で説明を終えようとする。

「事情があって、それはできないんだ。詳しくは話せないんだが……」

「なんや、きな臭いなあ。かなんわ」

みかげは胡乱《うろん》な顔つきで有を見たが、その大きな瞳《ひとみ》には、好奇心の光が煌《きら》めいている。

「そやけど、ちょっとスリリングで面白そうではある。どないなサンプル？　見して」

「これなんだが」

有はワイシャツの胸ポケットから、小袋に入った例の「色違いのラムネ」三粒を取り出し、みかげに見せた。

「何、これ」

「ラムネの容器に入っていた」

「あー、めっちゃラムネっぽいな、確かに。私はこのタイプは見たことあらへんけど、ドラッグなん？」

「それすら、まだわからない」

「わからんのかーい。いや、私にもわからんわ」

テンポよくツッコミを入れてから、みかげは窓越しの光に袋を透かすようにかざして錠剤を眺め、ふーん、と唸《うな》った。

「これ、いくつ使うてええん？」

有は、少しだけ考えて答える。

「可能なら一つ、それで無理なら二つ」

「なるほど。最悪、一つは残しとけやっちゅうことやね」

「えっ？　じゃあ、真壁さん、引き受けてくれるのか？」

むしろ驚いた様子の有が可笑《おか》しいのだろう、みかげは大きな口を引き延ばすように笑った。

「だって、謎の粒、おもろいやん。私の訓練にもなるし。ただ、あんましお高い試薬を使うようやったら……」

有は慌てて請け合った。

「それは、僕が払う」

「お、太っ腹。他人のお金でやる検査は楽しいもんなんやで」

本当にワクワクした様子でそう言ったみかげは、すぐ真顔に戻ってこう付け加えた。

「そやけど、しばらく日数は貰《もら》うで。あんたがここに通うてくる間は、稲田先生から言いつかった仕事を一生懸命やる。ほんで、いつもの仕事の合間、落ちついて取り組める時間がとれたときに、このヘンテコな粒の分析をやる。それでええ？」

「構わない」

「オッケー。ほな、これは大事にお預かりします」

そう言って、両手で恭しくサンプルの入ったビニール袋を捧《ささ》げ持ったみかげは、「色違いのラムネ」をビニール袋ごと、鍵《かぎ》付きの箱にしまい込み、それを実験机の引き出しに入れて、さらに鍵を閉めた。

「どっちの鍵も、私しか持ってへんから安心して」

有はみかげのほうに身体ごと向き直ると姿勢を正し、深々と頭を下げた。

「再会そうそう、厄介なことを頼んでしまって申し訳ない。よろしくお願いします」

「お願いされました！　なんやわけありみたいやけど、そういうん嫌いやないんよね」

そう言って立ち上がったみかげは、扉のほうに顎《あご》をしゃくった。

「よっしゃ、ほんならちょい休憩しよ。法医学教室の仕事の話、めっちゃ興味あるし。休憩終わったら、有ちゃんも白衣着て、いざ実習！　やで」

その日の午後六時過ぎ、U大学薬学部を辞して家路についた有は、電車の中でもなお、みかげがくれた実習テキストを読み込んでいた。

何しろ、カフェイン実習の流れは、実際にやってみて理解したものの、その結果の評価に必要なχ^2検定など、学生の頃に少し齧《かじ》った程度でもはやすっかり忘れている。

こんなことなら、もっと学生時代、熱心に勉強しておけば良かったと後悔するが、後の祭りである。

（だいたい、そういうことになるんだ。僕が学生たちに「法医学や公衆衛生学は、医者になってからの実生活で役に立つことも多いから、勉強して損はない」といくら言って

も、彼らには決して響かないのと同じだな。彼らも医師になってから、あるいは僕の言葉を思い出すのかもしれない）

　そんなことを考えていると、だんだん疲労と眠気のせいで、テキストの文字がぼやけてくる。

（帰りに、メインになる食材を買って帰らないと、夕食のメニューが寂しくなってしまうな。何がいいだろう。シリカが好きで、調理が簡単なもの……）

　そんな他愛ない考え事ですら、続行が難しくなる。

（少しだけ、今のうちに眠っておくか）

　明日《あした》もまた、京都に通って薬理学三昧《ざんまい》だ。できるだけ、疲弊した頭を休めておきたい。

　有は電車の窓枠に肘《ひじ》をつき、手のひらを枕にして、そっと目を閉じた。

「……それで、寝過ごしちゃったの」

「ああ。豪快に。目が覚めたら、明石《あかし》だった」

「あかし……って、どこ？」

「君と一緒に行ったことがある、ＪＲ三《さん》ノ宮《みや》駅よりずっと向こうだ」

　いつもよりずっと遅く帰宅した有の弁明に、玄関まで出迎えたシリカは呆《あき》れ顔をした。

「それは、ずいぶんすごいね」

　有は、恥ずかしげに髪を片手で撫《な》でつけた。

「その上、今度は慌てて引き返す途中、またうっかり寝過ごして……」

さすがのシリカも、それを聞いて顰《しか》めっ面になる。

「なお、だいじょうぶ？ 二度目は、どこまで行ったの？」

「まだ軽傷だ。尼崎《あまがさき》だった」

「……それも、けっこうすごいよ？」

「わかっている。済まない」

有はスーツ姿のままでシリカに深々と頭を下げ、気遣わしそうに問いかけた。

「腹が減ったんじゃないか？ 君のことだから、また、まったく食べずに僕を待っていたんだろう？ 缶詰に甘んじることもなく」

するとシリカは、両手で腹を押さえ、切なそうに訴えた。

「お腹ペコペコだよ。今夜は何食べる？」

「それなんだが」

有は、靴を脱ごうともせず、こう切り出した。

「買い物に行きそびれたので、外で食べよう。前に一度行った、パスタの店はどうだろう」

「パスタ！」

たちまち、シリカは満面の笑みになった。

「あの、写真がいっぱいのメニューのところ！」

「そうだ。目で見て好きなものを選べるからいいと言っていただろう？」

「デザートも食べていい？」

「勿論《もちろん》」

「やった！　今行く？　すぐ行く？」

「僕はそのつもりだが、君は？」

「大丈夫！　すぐ行ける」

そう言うなり、洗いざらしたコットンシャツとジーンズという服装のシリカは、土間にピョンと降りて、サンダルに足を突っ込んだ。

「では、行くとしようか」

電車の中で二度までも寝過ごしたおかげで、当座の睡眠は足りたらしい。JR京都駅では靄《もや》がかかったようだった有の頭も、今はすっかりクリアだ。

帰ったばかりの家を再び出て、緩い下り坂を南に向かって歩き出すなり、シリカはワクワクした様子で口を開いた。

「何食べようか、なお」

「それは、店でメニューを開いてから考えたい」

「そうか、そうだね。でも、いつも迷うから、わたしは先に考えておきたいな。前に行ったとき、選ばなかったのを今日は食べようかな」

「……シリカ、あれは季節限定メニューだったから、もうないと思う」

「えっ？」

「その代わり、新しい季節限定メニューがあるはずだ。また振り出しに戻ってしまうかもしれないが」

「それは困った。また、迷ってしまって、なおを待たせてしまうかも。選ぶなら、五つから一つくらいがいいね。あんまりたくさんあると、全部食べたくなってしまう」

「君なら食べられそうだ」

昼間の疲れが、シリカとの他愛ない会話の中で、ゆっくりとほどけていくのが感じられる。

（これが、私生活というものか……）

そんな奇妙な感慨が、有の胸にじわじわとこみ上げてくる。

「ねえ、なお。今日は遠くでお仕事って言ってたけど、どうだった？」

「ああ、それなんだが、驚くことがあったよ。実は……」

古い友人の真壁みかげとの思わぬ再会のことを訥訥《とつとつ》と語りながら、有はシリカと肩を並べ、すっかり暗くなってしまった夜道をのんびりした足取りで歩いていった。

夕食を済ませて帰途につき、忙しくも充実した一日は、ほどなく終わりを告げるはずだった。

しかし、誰だかわからない神様は、有をまだ休ませてはくれなかった。

　表通りから、有の家がある細い路地に入ろうとしたそのとき、シリカがピタリと足を止めたのである。

「どうした？」

　何げなく訊《たず》ね、シリカのほうを見た有もまた、ギョッとしてつんのめるように立ち止まった。

　それまで鼻歌交じりのご機嫌だったシリカの顔つきが、一変していたのである。

「……シリカ？」

「しっ」

　シリカは唇に人差し指を当てて有を黙らせると、両耳から耳栓を引き抜いた。

　そして、まるで野犬に遭遇した猫のような緊張感を全身に漲《みなぎ》らせ、囁《ささや》いた。

「誰かいる」

「えっ？」

　有は慌てて周囲を見回したが、暗がりに慣れた目にも、これといって人影は見当たらない。

「誰もいないぞ」

　今度はヒソヒソ声でそう言った有に、シリカもほぼ吐息の声で言い返してきた。

「ここじゃない。家の中」

「……まさか」

有は、ゴクリと生唾《なまつば》を飲んだ。

シリカの五感が人並み外れて鋭敏なことは、共に暮らし始めて、何度も実感してきた。

特に聴覚については、有が路地に入ってきたときにもう足音が聞こえると、いつもシリカは玄関まで来て、有を出迎えてくれる。

それだけに、口ではつい「まさか」と言いつつも、彼が「家の中に誰かいる」と言うならば、それはおそらく本当にいるのだろうと有にはわかっている。

「空き巣か？」

「アキス？」

「ああ……ええと、泥棒か？」

有がわかりやすい言葉に言い直すと、シリカはしばらく耳を澄ませてから、険しい顔で頷《うなず》いた。

「たぶん。あっちこっち、開けてる音がする」

「まずいな。ここから一一〇番に通報して、警察を呼ぶか」

有はそう言ってスマートホンを取り出そうとしたが、シリカはいつものんびりした態度はどこへやら、「大丈夫」ときっぱり言った。

「大丈夫と言っても」

「わたしがやっつける」

そう言うなり、有が制止する間もなく、シリカは大股《おおまた》に家へと向かう。

「シリカ！　いくら君が強くても、丸腰で泥棒と遭遇するのは危ない！」

有は慌ててシリカを追いかけ、腕を摑《つか》んで引き留めようとしたが、シリカは有の手を優しく振り払い、逆に有の両腕を摑んだ。グッと美しい顔を近づけられ、有はドギマギして硬直する。

「なおは、ここにいて。なおが来たら、危ないから。わたしは大丈夫」

「そんな……わけには」

「大丈夫。すぐ終わる」

まるで小さな子供を宥《なだ》めるように、有の額に、自分の額を押し当ててそう言うと、シリカは有から手を離した。そして、まさに肉食獣が獲物に向かって突っ走るが如き勢いで、玄関のほうへ飛び込んでいく。

あの謎めいた目に射竦《いすく》められ、魔法にかかったように突っ立っていた有は、ひと呼吸遅れて我に返り、「シリカ！」と名を呼びながら、後を追った。

恐怖が全身を駆け巡っていたが、とにかくシリカをひとりで泥棒と争わせるわけにはいかない。

玄関の扉を開こうとしたが、しっかりと鍵《かぎ》がかかっている。

どうやら盗《ぬす》っ人《と》は、別の場所から家に入り込んだらしい。

「庭のほうか」

そちらへ回り込むべく、玄関ポーチと庭を隔てる腰高の低い扉を開けようとしたとき……。

「うわあッ」

有は悲鳴を上げて、尻餅《しりもち》をついた。

何かが凄《すさ》まじいスピードで彼に向かって疾走してきたのである。その「何か」が、人間の姿形をしていること、おそらくそれが「盗っ人」であろうことは、有にも咄嗟《とっさ》に察せられた。

だが、盗っ人は扉に手を掛け、信じられないほど身軽にヒラリと飛び越えると、驚きと恐怖で動けなくなった有には目もくれず、疾風のように彼の傍らを駆け抜けてしまった。

おそらく路地から表通りへ抜けていったのだろうが、有の耳は、盗っ人の足音を捉《とら》えることができなかった。本来は聞こえないはずの心臓の拍動音が、わんわんと頭じゅうに響き渡っていたのである。

いや、心拍の音だと思ったのは、あまりにも血圧が上がりすぎて、鼓膜近くの血管が脈打つ音だったのかもしれない。

とにかく、驚き過ぎて上手《うま》く息が吸えず、腕がワナワナ震えて、手足が痺《しび》れたようになってくる。

上半身をろくに支えることすらできない有は、そのままゴトリと地面に倒れ込んだ。

「なお！」

やはり庭のほうから走ってきて、こちらも冗談のように軽々と扉を乗り越えたシリカが、血相を変えて有を抱き起こす。

「なお、あいつにやられた!?」

「……い、や」

有はどうにかゆるゆると首を横に振り、シリカの肩口を叩《たた》いて、そうではないと告げる。

「怪我は!?　怪我はしてない？」

「……へいきだ」

シリカに抱き支えられ、彼もまたどこも負傷していないことを確かめると、徐々に呼吸が落ちついてくるのを感じる。有は、「ただの過呼吸だ」と自分の現状を確認するようにそう言い、ゆっくりと深い呼吸を心がけた。

ほどなく、手足のしびれは治まり、恐怖も幾分薄らいで、気持ちが落ちついてくる。

「何があった？」

有が問いかけると、シリカは地面に片膝《かたひざ》をつき、両腕で有を抱えたまま、まだ厳しい顔つきで答えた。

「たぶん、男だと思う。家の中を漁《あさ》っていた」

「家の中を？　では、やはり泥棒か」

シリカは、曖昧《あいまい》に頷いた。

「わたしたちがいないうちに、家の中から物を盗んでいこうとしたから、泥棒なのは間違いない」

「うん？」

「でも……おかしかった」

シリカの表情が、獰猛《どうもう》な肉食獣から戸惑う猫のような表情に、だんだん変わっていく。

有は、シリカがいつもの彼に戻ったことにも安堵《あんど》しつつ、話の続きを促した。

「何がおかしかったんだ？」

「わたしから、逃げられるはずがない。なのにあいつは、逃げた」

「……それは」

有の脳裏に、シリカと出会ったばかりの頃に遭遇した事件の記憶が甦《よみがえ》る。

有が、長年、彼を恨み続けていた宮入ソウスケの狂信的なファンに襲撃されたとき、シリカは信じられないようなスピードと力で、暴れる男をねじ伏せ、危うく殺そうとするところだった。

あの、狩りをするライオンさながらの勢いの彼から逃れられるのは、一流アスリートくらいのものだろう。

いくらすばしっこい泥棒でも……。

「いや、確かに凄《すさ》まじく素速かった。身のこなしも、君と同じくらいだった」

シリカは、悔しそうに同意する。

「わたしよりは、遅い。わたしよりは、弱い。おそらく。でも、速かった。少し、油断していた」

そう言って唇を噛《か》むシリカを、有は背中をポンポンと叩いて慰めた。

「確かに泥棒は取り逃がしてしまったが、君がいてくれたおかげで、泥棒の存在にいち早く気づけた。二人とも無事だったんだ。今夜のところは、不幸中の幸いだと思おう」

「ふこうちゅうの、さいわい？」

「泥棒に入られたことは悪いことだが、二人とも無事なのはいいことだ、という意味だよ」

「ああ、それはそうだね。なおが怪我をしていなくて、本当によかった」

そう言って、シリカは有を支えて共に立ち上がる。

「君にも怪我がなくて、何よりだった」

心からそう言って、有は家のほうを見た。

「警察を呼ぶ前に、家の中を見ておきたい」

「うん、そうしよう」

今度こそ玄関の鍵を開け、二人は家の中に入った。

玄関ポーチに一歩踏み込むなり、有は絶句した。

自宅に泥棒が入るのは初めての経験なので、泥棒が通常、どういう「仕事」をするのか、有には知る由もない。

しかし、目の前に広がる惨状は、有の想像を遥《はる》かに超えていた。

玄関のシューズクロークの上に飾ってあった祖父の遺品であるマヨルカ焼の花瓶は床の上で無惨に割れているし、シューズクロークの中の靴も、片っ端から外に放り出されている。

玄関マットは裏返され、スリッパも床にぶちまけられていた。

「これは……ずいぶんと荒らしてくれたものだな」

廊下を通ってリビングルームに入ると、そこも大変な有様になっていた。

ソファーは引っ繰り返され、座面はざっくりと切り裂かれている。

ダイニングテーブルや椅子は無事だが、テーブルクロスは剝《は》ぎ取られ、もともと暖炉だった場所に据えた薪《まき》ストーブの灰までが、床にまき散らされている。

「酷《ひど》いな」

呆然《ぼうぜん》と立ち尽くす有の傍らで、シリカはボソリと言った。

「何か、さがしてたんじゃない？」

「何か？」

「わからないけれど、泥棒は、普通、お金を盗むんだよね？　トーコから言われたことがある。『金を出せ』って言われたら、素直に出すのよって。殺しちゃダメよって」

「……ああ、それは……一応、殺してはいけないと思う。そうだな、泥棒は、普通、金や貴重品を目当てに、盗みに入るんだ。貴金属……金やプラチナや、宝石なんかを求めて」

有も、酷くショックを受け、混乱しつつも、どうにか会話を続けようとする。

こちらはやけに冷静なシリカは、「お金はどこに置いてる？」と有に訊《たず》ねた。

「ここには、さほど置いていない。必要なら銀行から下ろすし、急ぎならカードやキャッシュレス決済でどうにでもなるから」

「き……きんぞく、とか宝石は？」

「そんなもの、ここにはない。祖父が生きていたときは、祖父が趣味で銀細工をしていたから、銀は少しあったけれど、今はそれも処分してしまった」

「じゃあ、泥棒がほしいもの、全然ないね」

「ああ」

シリカは、切り裂かれたソファーに近づき、しげしげと眺めて、首を捻《ひね》った。

「こんなところに、お金や大事なものを入れるの？　さっきの花瓶の中、とか」

有もまた、力なく首を横に振った。

「少なくとも、そんな推理小説のような場所に隠す前に、簡単には動かせない金庫にしまうほうが確実だと思う」

「そうか」

シリカはしばらく考えていたが、やがて有の顔を見つめ、こう問いかけた。

「じゃあ、泥棒は、他のものがほしかったのかな。何がある？」

有は、もう一度かぶりを振った。

「わからない。おそらく、君の寝室も僕の寝室もこうだと思ったら、混乱して、ものを考える気力が続かないんだ」

するとシリカは、つかつかと有に近づき、彼をギュッと抱き締めた。

そんなことを大人になってから一度もされたことがない有は、新たな驚きに全身を硬直させる。

まるで一本の棒のようになった有を抱きすくめたシリカは、その背中を優しく叩いた。

「大丈夫。人は傷つけられたら痛いけど、物は痛くない。壊れちゃって可哀想だけど、きっとなおせるのもあるよ。全部なくしたわけじゃないよ」

いつもは天真爛漫《らんまん》な子供そのもののシリカが、今はまるで年長者のように有を慰めようとする。

「泥棒が何をさがしてたかは、わたしも知らない。でも、何をとられても、なおがいれば、わたしは平気」

「シリカ……」

有の身体から、ゆっくりと力が抜けていく。

「君に救われるのは、これが二度目だ」

まだひとりで立ち続ける自信が持てず、シリカの驚くほど広い胸に身体を預けたまま、有は苦く呟《つぶや》いた。

「天河先生にどん底から引き上げてもらった命を、今度は君が二度までも助けてくれた。僕の命に、そこまでの価値はないというのに」

「そんなことはないよ」

シリカは、赤ん坊をあやすように、有の背中をリズミカルに叩きながら、いつものシリカらしい、明るい声で言った。

「トーコから、なおの話をたくさん聞いて、わたしは、ずっとなおに会うのが楽しみだった。今、なおと暮らせて、とても楽しい」

「シリカ、君は」

「なおが、なおの命を大事に思わなくても、わたしが、なおの命を大事にする。だから、守る。大丈夫」

シリカの無邪気な言葉が、まるで傷口に優しく塗り込められる軟膏《なんこう》のようで、有は不覚にもじわりとこみ上げてきた涙を、必死で目の奥に押し戻した。

(誰かが自分の命を大事だと言ってくれることが、こんなに嬉《うれ》しいとは)

人としての幸せや喜びを禁じてきた心に、こんな状況だというのにささやかな幸福感が芽吹くのを感じ、有は少なからず困惑する。

だがその困惑は、自分でも驚くほど甘やかで、温かなものだ。

「……もう、大丈夫だ。みっともないところを見せてしまって、すまない」

やがてそう言って、有はシリカの腕を軽く押しのけた。

少し残念そうに腕を解いたシリカは、身を屈《かが》めるようにして有の顔を覗《のぞ》き込んだ。

「ほんとに大丈夫？　まだ顔が青い」

「それは仕方がない。だが、いつまでも呆然としているわけにはいかない。警察を呼ばなくては」

有がそう言うと、シリカは嫌そうな顔をした。

「また、あのうるさい人が来るの？」

それが日長のことだと気付いて、有はようやく口元をほころばせた。

「確かに所轄は東灘署だが、たぶん、当番の人が来るよ。日長さんではないだろう」

実際、通報を受けて駆けつけてくれたのは、駐在所に詰めている制服警官ふたりだった。

「こりゃ、派手にやられましたな、旦那《だんな》さん」

有に向かってそう言いながら、警察官たちは家じゅうを見回り、すべての部屋が荒らされていることに、有たちほどではないにせよ驚いた様子を見せた。

「ざっと見たところ、盗まれたもんはありますか？」

年かさのほうの警察官にそう質問されて、有は首を横に振った。

「盗まれたものは、特に思い当たりません。壊されたものはたくさんありますが」

「そのようですなあ。気の毒に。今日び、ここまで荒らしていく泥棒は少ないんですけどねえ。アタリをつけて漁《あさ》った場所に金目のもんがなかったら、さあっと数分で引き上げるんが、現代の泥棒ですわ。こら、昭和の泥棒の仕業やな」

　そんなありがたくない分析をしつつ、気のいい顔をした初老の警察官はリビングルームの真ん中に立ち、周囲を見回してから、有に訊ねた。

「家の内外を現場検証せんとならんので、ちーと時間がかかります。明るうなってからのほうがええと思うんで、朝になってから応援を呼んでガッと済ませようと思うんですが、それでええですか？」

「よろしくお願いします」

　有は、軽く頭を下げた。

「ほんで、申し訳ないんやけど、無事な部屋がないっちゅうことは、今夜、ここで寝んといてほしいんですわ。現場を保存したいもんでねえ。どっか、泊まれるとこにあてはありますか？」

「わたしたちの家はここしかないよ？」

　それまで黙って警察官と有のやり取りを聞いていたシリカが、絶妙のタイミングで会話に入ってくる。

　シリカのあまりに美しい風貌《ふうぼう》と、不思議な色の目に、警察官はギョッとした様子だったが、慌てて素知らぬ風を装い、有に向き直った。

「あてはないですか」

　有もまた、困り顔で答えた。

「今から、ホテルを探してみます。平日ですし、一泊なら泊まれるところがあると思うので」

「ああ、それがええです」

「しかし、着替えなども持ち出してはいけないんですよね？」

「できればご遠慮いただきたいですな」

　警察官は、やはり気の毒そうに、しかしきっぱりと現場保存を主張する。

「仕方がない。シリカ、今夜はホテルに泊まろう」

　有がそう言うと、シリカは目をまん丸にした。

「ホテル？　旅をするの？」

「まあ、とても短い旅だな。家がこう荒れてしまっては、ここで眠るのは難しい。心当たりがあるから、かけてみるよ」

「とても短い旅！　いいね！　なおと初めての旅だ」

　もはや荒れ果てた家のことは気にならない様子で、シリカはいつものようにニコニコしてそう言った。

「立ち直りが早いな」

　半ば呆《あき》れ、半ば感心しつつも、有は数年前、法医学教室で小さな国際学会を主催したときに会場として利用した、ポートアイランドのホテルに電話をかけてみた。

　応対してくれた女性に名を告げ、おおまかな事情を話すと、おそらく会話中に有の名をデータベースで検索したのだろう、学会開催の礼を懇ろに言い、すぐにツインの部屋を用意すると請け合ってくれた。

　そこで二人は、荒れ果てた自宅をいったん後にして、タクシーで今夜の宿に向かうことになった。

　自宅のほうは、現場検証が始まるまで警察官が交代で番をしてくれるそうなので、再びあの恐ろしい身体能力を持つ泥棒がやってきて、あれ以上に家を荒らされることはあるまい。

（そもそも、あれ以上、荒らすところも残っていないか。それにしても、いったい何が目当てだったやら。あるいは、金品があまりにもないので、腹いせだろうか）

　さっきの警察官が、「ヤケクソになったんかもしれへんですな」と笑いかけて、慌てて表情を取り繕ったのを思い出し、有もまた、やけっぱちの苦笑いを浮かべる。

　横を見れば、シリカはいつものように車窓にへばりつき、通り沿いの景色を飽くことなく眺めている。

（何があっても、シリカと一緒だとどうにかなるような気がしてきたな）

　もし、今夜、ひとりだったら……と思うと、背筋がゾッとする。シリカのおかげで、間違いなく有は命を拾ったのだ。

（天河先生。僕は、先生にもシリカにも、返しきれないご恩を受けてしまいました）

　思わず胸の中の陶子に話しかけたそのとき、有のスマートホンが着信音を奏でた。

「あの警察官から連絡かな」

そう思ったが、液晶画面に表示されているのは、「日長さん」の文字だった。

有は慌てて、通話ボタンを押し、スマートホンを耳に押し当てる。

「日長さん？」

『おう、先生か？　無事か？　俺んとこに連絡が来て、慌てたで。泥棒やて？』

スピーカーの向こうから、日長の野太い声が気ぜわしそうに問いかけてくる。

耳栓をしていても、本当に聞こえてしまうらしい。シリカは嫌そうな顔で、さらに両手で耳を塞《ふさ》いだ。

「無事だ。シリカも僕も」

有が答えると、日長が安堵《あんど》の息を吐く気配がした。

『そらよかった。今はどないしとるんや？』

「ポートアイランドのPホテルに向かっているところだよ。とりあえず今夜はそこに部屋を確保した」

『おう、ええホテルやな。それやったら安心や。っちゅうかな、こっちがちょいと安心やないんやけど、今、話してええか？　明日《あした》にしたほうがええか？』

　やれやれ、と有は力なく首を振った。

「恥ずかしいが、もうヘトヘトなんだ。頼むから明日にしてくれと言いたいところだが、そこまで聞いて、明日まで待つほうがストレスだよ。何があったのか、教えてほしい」

声に、恨めしい気持ちがこもっていたのかもしれない。日長は低く笑った。

『お疲れんとこ、すまん。そやけど、俺もモヤモヤしてしもてな。先生にしか言われへん話やから、聞くだけ聞いてくれや』

「わかった」

有が承知すると、日長はどこか秘密めいた声の調子でこう言った。

『あの、火災現場で焼け死んだ爺《じい》さんが、後生大事に抱えとったピンクのポーチ、覚えとるか？　例のラムネの容器が入っとったやつや』

「勿論《もちろん》、覚えている」

有は、答えながら小さく頷《うなず》いた。

そういえば、今日、みかげに例の「色違いのラムネ」を預け、成分分析を依頼したことをまだ日長に告げていなかったと思ったが、そのあたりのことを詳しく説明する気力は、今の有にはない。

今夜は、日長の話を聞くだけにしよう。

そう決めて、彼はスピーカーに疲れ果てた神経を集中させた。

『手元に置いときたかったんやけど、俺が、よその署の証拠物件を勝手に持ち出したんがバレてしもて、返さなあかんようになったやろ。勿論、大目玉を食ろうた後でや』

「ああ、それも聞いた。で？」

つい、疲労が有の神経を容易に苛立《いらだ》たせてしまい、催促が彼らしくない荒っぽさになる。

　だが、日長はそんなことを気にせず、いつものペースで話を続けた。

『それがやな。そのポーチをこっそり俺に貸したんがバレて、俺と連座で死ぬほど怒られた上に減俸された、同期の刑事がな』

「なんとも気の毒な人だな」

『まあ、そこは持ちつ持たれつや。俺がでかいヤマを当てたら、そいつも自動的に名誉挽回《ばんかい》や。先生は気にせんでええ』

「……で？」

『なくなった、って言うてきたんや。まさか、お前がまた盗んだん違《ちゃ》うやろな、て』

　すぐには日長の言葉の意味がわからず、有はスマートホンを耳に当てたまま、首を傾げる。

　目に入った窓の外の景色から、そこが王子《おうじ》公園あたりであることを確かめつつ、有は日長を問い質《ただ》した。

「なくなった、とは、その、まさか」

『ポーチや。今度こそ、所轄で厳重に保管されとったはずのポーチが、そっくりそのまままなくなったらしいわ』

「ポーチが……消えた？」

『おう。それが発覚したんが、今日の夕方らしゅうてな。明日、朝から手の空いてるもんで大捜索やて言うてた』

　そこでいったん言葉を切り、日長は低い声で付け加えた。

『ポーチがなくなって、先生んとこが荒らされて、まあ、関係づけるんもアレやけど、どっちも盗《ぬす》っ人《と》の仕業やと考えるんが妥当やろ。嫌な符合や。偶然にしても、こういうときは気ぃつけたほうがええ』

「気をつけると言われても……」

『しばらくホテル滞在して、のんびりしたらどや？』

「そういうわけにはいかない。こっちにも仕事がある」

『ははは、そらそうか。ま、明日の朝からの現場検証には、俺も立ち会う。安心して任してくれや。今日は、よう休みや』

　そんな、まんざらお愛想でもない労《いたわ》りの言葉を残して、日長は通話を切った。有もスマートホンをジャケットのポケットに放り込む。

「なお？　あのうるさい人、何て？」

「……明日の現場検証に立ち会ってくれるそうだ」

「うるさいから、来なくていいのに」

「そんなことを言うもんじゃない。彼はいい人だよ」

「声はちっともいい人じゃないよ」

　ムスッとした顔で言い返し、シリカはまた窓の外の景色に目を向ける。

有は、がっくり項垂《うなだ》れ、これ以上ないほど深い溜《た》め息をついた。

色々なことが起こりすぎて、もう何も考える余力がない。

日長の話に不吉なものを感じながらも、今夜は、そのことは意識の外に押しやって、ただただ安全な場所で、柔らかなベッドに潜り込んで眠りたい。

いや、もうホテルに到着する前から意識を閉じてしまいたい。

ギュッと目を閉じ、もう何も考えまい、思い出すまいとある意味、無駄な努力をしながら、有はひたすらに眠りの訪れを待った……。

エピローグ

「なお、買い物に行こう」

庭から家に戻ってくるなり、シリカはそう言った。

ダイニングテーブルにノートパソコンを置き、大々的にテキストのコピーや論文を広げて、学生講義用の資料を作成していた有は、キーを打つ手を止め、シリカのほうを見た。

開けっぱなしの掃き出し窓からは、先月より少し涼しくなった、穏やかな風が吹き込んでくる。

毎日暑い暑いと不平を言ってはいるが、先客である夏が退去をいつまでも拒んでいるだけで、秋はとうにこの地に到着しているのだろう。

「庭仕事はもう終わりか？」

有が訊《たず》ねると、シリカは被《かぶ》っていたつばの広い麦わら帽を脱ぎ、汗ばんだ顔で笑った。

「終わり！」

「今日は何を？」

「バラをちょきちょきするやつ。ええと……」

「剪定《せんてい》？」

「ああそう、それ」

「君は物知りだな。僕はバラの剪定方法なんて知らないから、ずっと放置してしまっていた。祖父は庭の木を大切に世話していたから、申し訳ないと思っていたんだ。助かるよ。だが、どこで知ったんだ、そんなこと」

有が感心すると、シリカはあっさりと告白した。

「テレビで見たんだ。ときどきやってる番組。花とか木とかの手入れをやって見せてくれるから、そのとおりにわたしもやっている」

「園芸番組か。なるほど」

「今は、バラをちょき……」

「剪定」

「せんてい、をするのにいいタイミングなんだって」

せんてい、せんてい、とシリカは口の中で何度か追加復唱する。

「こんな字だよ」

有は打ち込んでいた論文原稿を改行し、そこに「剪定」と打ち込んでみせた。

シリカは有の傍に来て液晶画面を覗《のぞ》き込み、「へー」と間の抜けた声を出した。

「ああ、『せん』の字の下半分は、刀だね。はさみではないから、『ちょきちょき』ではないけれど、『ちょき』くらいかな」

「さあ、それはどうだろう」

なかなか斬新《ざんしん》なシリカの言語センスに、有は思わず苦笑いする。

シリカと同居を始めてからというもの、有は折に触れ、こんな風にシリカに言葉を教えてきた。

彼が日本語を習い始めたのは天河陶子と出会ってからだそうなので、それを思うと習得のスピードには凄《すさ》まじいものがある。

有と暮らし始めてからもその速度は落ちず、今では喋《しゃべ》り方もだいぶ滑らかになってきたし、日常会話に不自由はほぼ感じない。有など、自分が英語を学び始めた年齢と、現在の英会話能力に思いを致すと、恥ずかしくて穴があったら入りたいくらいだ。

とはいえ語《ご》彙《い》については、まだまだ不足を感じることが多い。日本語を学び始めてまだ三年余りなのだから、そこはやむを得ないだろう。

とはいえ、語彙が足りないと、心のありようや希望を表現することが難しかったり、他人とのコミュニケーションにおいて誤解が生じやすかったりするかもしれない。

そう考えた有は、シリカに無用のプレッシャーをかけないよう注意しながら、彼が使える言葉の数を増やせるよう、ささやかに奮闘しているのだ。

「日本語は、同じ読み方なのに、漢字や意味がぜんぜん違う言葉があるから、むずかしいね」

「確かに。『せんてい』と読む言葉は、他にも色々ある」

「たとえば？」

「そうだな。何かを選んで決めることも『選定』だし、船の底も『船底』だし……たぶん辞書を引けば、他にも色々出てくると思う」

「そうなんだ。言葉はおもしろいね」

感心した様子のシリカの顔を見上げ、有は不思議そうに問いかけた。

「ところで、買い物とは？」

「あっそうそう。なおとふたりでいったほうが楽しいから、一緒に行こうよ」

有は、ノートパソコンの画面の右下に目をやった。

表示されている時刻は、午後三時六分。

昼食後すぐに作業を始めて、いつの間にか二時間近く経っている。

そろそろ休憩を挟むべきだし、土曜の昼下がりの散歩にも、まずまず悪くない時間帯だ。

「構わないが、どこへ？」

有が訊ねると、シリカは張り切って答えた。

「駅前の、スーパーマーケット！」

「スーパーに？　週末だし、今夜はどこかで外食しようかと思っていたんだが」

「だめ。今夜は、わたしが作る」

「君が？」

有は驚いて、眼鏡の奥の目を丸くした。シリカは、自分の胸元に右手を当てる。

「そう、わたしが！」

「その……何も君を無能扱いするつもりはさらさらないし、食事作りもよく手伝ってくれるから、調理ができることはわかっているが、その、料理は献立から考えなくてはならないわけで」

「こんだて、ってメニューのことだよね？　それは決まってる」

「そうなのか？」

驚く有に、シリカは得意げに胸を張った。

「決まってるんだ。トーコがたまに作ってくれたやつ。なおのごはんはとても美味《おい》しいけど、トーコのごはんも美味しかった。中でも、わたしがいちばん好きだったのを、なおと一緒に食べたくなった」

「いちばん好きだった料理を？」

シリカは元気よく頷《うなず》く。

「そう！　日本じゃない国にいるとき、トーコが、『日本の味が恋しくなったわ！』って言いながら、何度も作ってくれたやつ。なお、食べたくない？」

有は興味津々で答えた。

「勿論《もちろん》、食べてみたい。それはいったい、何という料理なんだろう？」

「名前なんかないよ。トーコは作るとき、いつも『れいの』って言ってたけど」

「それは『例の』だろうか」

「知らない。とにかく、買い物に行こう！」

どうやら、シリカは自分の作る料理を「完成してのお楽しみ」にしておきたいらしい。

そう悟った有は、こう提案した。

「汗みずくのまま食品を扱う店に行くのはよくないだろう。シャワーを浴びておいで。そのあいだに、僕も作業に一区切りつけて、外出の支度をする」

「わかった！」

シリカはバタバタと浴室へ向かう。

有は、窓の外に目を向けた。

午後の陽射しはまだ強いが、それでも真夏のような暴力性は感じられない。

（テレビで見てからずっと行きたがっていたから、回転寿司《ずし》にでも……と思っていたんだがな）

有としても、シリカがそれほどまでに好きだという、陶子の得意料理に興味がある。

ここで、いつでも行ける回転寿司を強固に推す理由はさほどない。

「楽しみだ」

小さな声で素直な気持ちを吐露して、有はふと、部屋の中を見回した。

二週間前、謎めいた泥棒に荒らされ、文字どおり滅茶苦茶《めちゃくちゃ》にされたこの家も、ようやく元どおり……とはいかないものの、それに近い、居心地のよい空間に戻ってきた。

破壊されたものは戻らないが、玄関のマヨルカ焼の花瓶はどうにか接着剤で大部分を復元することができたし、リビングのソファーも、似たものに買い換えた。

この祖父愛用のダイニングテーブルと椅子は、テーブルクロスを剝《は》がされただけで無傷だったので、そのまま使うことができている。

ベッドのマットレスも入れ替えたし、枕も布団も、新しいものを買いそろえた。

正直、出費は大変なことになったが、その分、色々なものが新品になって、生活は以前より便利に、快適になったと言えないこともない。

押し入った泥棒の正体はまだわからないし、日長いわく、盗まれた「焼け焦げたピンク色のポーチ」の行方も杳《よう》として知れないそうだ。

だが、あれ以来、日長の調査に進展がないのと同様、さらなるトラブルも起こっていない。

昨日、U大学薬学部の真壁みかげからは、ようやく手が空いたので、例の「色違いのラムネ」の成分分析に「真剣に取りかかる」という連絡も来た。

その結果次第で、日長がまた動き出し、あれこれ起こるかもしれないが、今は、おそらく凪《なぎ》のような時間なのだろう。

「本当は、ずっとこのまま平穏に暮らしたいんだがな」

そう独りごちて、有は、作りかけのスライドを保存し、ノートパソコンの電源を落とした。

「もう、ツクツクボウシが鳴き始めたな」

「つくつくぼうし？」

「夏の終わりを告げるというセミだよ。ほら、名前のとおりの鳴き声だろう？」

住宅街の入り組んだ道路の端で足を止め、有は頭上を指さした。しばらく
シリカも立ち止まり、外に出るときはいつも身につけている耳栓を外した。

じっと耳を傾け、ニッコリする。

「ほんとうだ。つくつくぼーうし、つくつくぼーうし、って鳴いてるね」

「その耳栓をつけていると、やはり、蝉の声なんかは聞こえにくいのか？　僕とは普通に会話しているのに」

有が怪《け》訝《げん》に思って訊《たず》ねると、シリカはゆっくりと首を振った。

「なおの声は、最初から聞こうって思ってるから、耳栓をしていてもよく聞こえる。それ以外の音も、聞こえてるよ。でも、隣の世界から聞こえるみたいな感じ。わかる？」

「よくわからないが……ちょっと現実感がないということだろうか？」

「なおの言うことも、よくわかんない。外すと、あ、わたしと同じ世界で鳴いてる！って感じ」

「わかるような、わからないような。だが、耳を守るためには、その耳栓が必須《ひっす》なんだ

ろう？」

シリカは頷き、耳栓を左右の耳に慣れた手つきで押し込んだ。

「耳っていうか、頭。あんまりたくさん音が聞こえると、疲れちゃうからね」

「大変だな」

「たいへん。でも、つくつくぼーうし、はいい声だった。うちの庭にも来るといいな」

セミのいる桜の梢《こずえ》のあたりを名残惜しそうに見上げながら、シリカは歩き出した。有も、隣に並んで歩を進める。

土曜の夕方らしく、公園で遊んで帰って来る親子連れや、犬の散歩に出た人々に幾度かすれ違いつつ、二人は駅へ続く道をのんびり歩いた。

途中、ヘルメットをきちんと着け、まだピカピカの自転車に跨《また》がった五歳くらいの子供と、後ろからしっかり荷台を摑《つか》んで固定し、子供が漕《こ》ぐスピードに合わせて小走りしている父親とすれ違った。

「自転車！」

シリカは、すれ違いざまに子供に手を振り、振り返って親子を眺めた。

子供は自転車を漕ぐことに必死になっていて、シリカに気付かなかったようだが、若い父親は、やはり振り返り、二人に軽く頭を下げてから、遠ざかっていく。

「どうして大人が押してるの？」

有は、懐かしそうな顔で答えた。

「自転車の車輪は二つだけ、しかも細いだろう。バランスを取って乗ることが、初心者には難しいんだ」

「へえ」

「だから、最初のうちは大人が後ろで支えてやったり、補助輪をつけたりする」

「ほじょりん？」

「後ろの車輪の両側に、もう一対、小さな車輪を取り付けるんだ。安定がよくなる」

「ああ、なるほど。それはいいね」

「いいが、安定が良すぎて、なかなか外す勇気が出なくなるだろう？　だから、お父さんが支えてやっているんじゃないかな。うちもそうだった」

「おとうさんが、ずーっと自転車を押してくれてたの？」

「いや。『支えているから大丈夫だ』と言った癖に、知らないうちに手を離されていて、いつの間にか、自転車に乗れるようになっていた」

「へええ！」

シリカは、何故か嬉《うれ》しそうに目を輝かせる。

「なおにはお父さんがいるんだね！」

有は、ほろ苦く笑って頷いた。

「それは、いるさ。父も母も、今も元気だよ。遠くに暮らしているし、長らく会っていないけれど、たまに母からは電話が来る」

「そうなんだ。なおには、お父さんもお母さんもいるんだ。いいね」

口調はいつものシリカの無邪気さ溢《あふ》れるものだったが、有は、言葉に引っかかりを感じ、注意深く訊ねてみた。

「君は、生まれた国も親御さんのことも覚えていないようだが、本当にご両親のことで思い出せることは、何一つないのか？　幼い頃の、断片的な、いや刹那《せつな》の記憶も？」

するとシリカは、ろくに考えることもなく即答した。

「ない」

「……そうか」

「わたしもあんな風に、小さな子供の頃に、自転車に乗ってみたかった。誰かがああして後ろから押してくれたら、楽しいだろうね」

あまりにもシリカが羨《うらや》ましそうにそう言うので、有はつい問いを重ねてしまった。

「自転車に乗ったことは？」

「ないよ」

「本当に？　君の育った国に、自転車はなかったのか？」

「わかんない。わたしは、乗ったことがない」

「乗ってみたいか？」

「うん。さっきの子供、とても楽しそうだったから。あれは、誰でも乗っていいの？」

有は笑って頷《うなず》いた。

「勿論《もちろん》だ。だったら今度、自転車を買いに行こう。駅までけっこう距離があるから、自転車に乗れるようになったら便利だろう」

「乗り方、教えてくれる？」

「ああ。僕も決して上手な乗り手ではないが、君が練習するとき、後ろで支えるくらいはできると思う」

「本当に？　なおが押してくれる？」

「ああ。帰ったら、近くで自転車を買える店を検索してみるよ。解剖が入らなければ、明日《あした》にでも行ってみよう」

「やったー！」

シリカはガッツポーズをして、元気よく飛び跳ねるように前を歩き出す。

「自転車、か。小学生以来だな」

有は、口の中で小さく呟《つぶや》いた。

脳裏に、先日、闇の中で並んで横たわっていたときのシリカの告白が甦《よみがえ》る。

(天河先生に出会う前、彼はずっと小さな部屋の中に閉じこめられていたと言っていた。食べ物を貰《もら》うために、「仕事」をさせられていた、とも。幼い頃から、ずっとそんな環境で生きてきたんだろうか。もしそうだとして、そんな恐ろしい育ち方をした人間が、シリカのように純朴で明るい心を持つ、お喋《しゃべ》りな人間に育つことができるものなのだろうか)

どう考えても、今のシリカを見ていると、そんな悲惨な境遇を生き抜いてきた人物には見えない。どちらかといえば、温室で大切に伸びやかに、決して外の風に当てないように育てられた花のようだ。

（あるいは、僕をどん底から引き上げてくださったときのように、天河先生が、彼を今の彼にしたんだろうか。先生に出会う前のシリカは、どんな人物だったんだろう。それこそ、先生の絶筆にあった「モンスター」だったんだろうか）

有が、いくら考えても答えの出ない疑問を胸の中でこねくり回す間にも、シリカはどんどん緩い坂道を下って歩いていってしまう。

何故か、いつになっても家が建たない、おそらくは誰かの所有地なのであろうジャングルのように木が生い茂った土地を眺めながら、有は嘆息した。

（本当に……わからないことが多すぎるな、シリカには）

何につけても細心だった陶子が、シリカについての詳細な情報を有に遺《のこ》さなかった理由はさっぱりわからないし、そのせいで、シリカとの同居が暗中模索と試行錯誤の連続であることを厄介に思っていないといえば嘘になる。

それでも最近は、シリカとの素《す》っ頓狂《とんきょう》なやり取りも、彼が様々なことを人生で初めて試す場に居あわせることも、それだけでなく、彼がいる生活そのものも意外なほど楽しんでいる自分に、有は気付いていた。

（そして今夜は、シリカが初めてひとりで料理を作り、僕が初めて、彼の手料理をご馳《ち》

走《そう》になる。……ついに、二人ともが初めてのチャレンジをするわけか）

そんな風に考えると、有の普段は表情に乏しい顔に、淡い笑みが浮かぶ。

「なお！　早く行こうよ」

住宅街を抜け、バス通りまで到達したシリカが、空っぽのエコバッグを大きく振って急《せ》かしてくる。有は、やれやれと小さく首を振りつつ、どこかくすぐったい気持ちで、すぐ行くと答える代わりに軽く手を振った……。

「うわッ！」

「おい、大丈夫か？」

「へいき！　なおはお仕事をしてて」

「している……が」

君が大きな声を出すから、心配で気が散るんじゃないか、という不平をグッと飲み込んで、有は、止めていた手を再び動かし始めた。

しかし、キーボードを叩《たた》き、文字を入力する間も、彼の耳は絶えずキッチンに集中している。

買い物から帰ると、シリカは、当たり前のようにエプロンをつけようとした有を、キッチンから追い出してしまった。

どうやら本気で、今夜は一から十までひとりで料理するつもりらしい。

とはいえ、さすがに寝室の机で仕事をするのは心配すぎて、有はダイニングテーブルで、さっきまでやっていた仕事の続きをやることにした。

ただし、キッチンに背中を向けて、決してシリカがやっていることは見ないという、「鶴女房」のような条件付きである。

見えないとはいえ、キッチンは至近距離なので、物音やシリカの声はハッキリ聞こえる。包丁で指を切らないか、鍋《なべ》を引っ繰り返さないかと、元来心配性の有は気が気ではない。

そして案の定、シリカはひとりでも十分過ぎるほど賑《にぎ》やかに料理をしている。

住宅が建て込んでいるため、常に隣人に迷惑をかけないよう、極力音を立てずに暮らす。そんな、この国の都会で暮らす人々には自然に身についた習慣が、シリカには一切ない。

元気よく戸棚を開け、賑やかな音を立てて調理器具を取り出し、鼻歌を歌い、独り言もけっこう言っている。

おかげで、今、どんなことをしているのかをそれなりに想像できるのはいいが、一軒家住まいでなければ、有は大いに慌てて制止しなくてはならなかっただろう。

（これで、「喋っても、棒で殴られた」などという環境にいたなんて、信じられないな。それとも、今のこれは、当時の抑圧の反動なんだろうか）

もしそうなら可哀想だ、という胸によぎった言葉を、有は心の奥底に押し戻した。

可哀想、という言葉の暴力性を、有は誰よりも知る者だからだ。

宮入ソウスケが自殺し、有がその原因を作った研修医として世間の目に晒《さら》されたとき、罵《ば》倒《とう》や非難、批判に交じって、「でもその研修医も可哀想」という声も少なからず上がった。

有がソウスケのファンであることが一部週刊誌で報道され、「宣告は自分が望んだことであって、有に責任はない」と明言するソウスケの遺書も公開されたからだ。

インターネットを中心に、「研修医は巻き込まれて人生を棒に振った可哀想な男でむしろ被害者」というコメントが目立つようになると、同情論と共に、それに対する反論も激化し、最終的に、有はなすすべもなく、自殺肯定派と否定派の論争にまで巻き込まれていった。

可哀想だと同情した人はそこで思考を停止し、可哀想という言葉に反発した人たちは、必要以上に攻撃的になっていく。

有が陶子に救われたのは、彼女が有を「可哀想」などとは決して思わず、同時に「お前が悪い」と非難することもせず、ただ、「生きることを諦《あきら》めかけた人間」を生き続けさせるために手を差し伸べてくれたからだった。

他人を哀れむことの危うさを知っている有だけに、今、シリカの過去のほんの一部を知っただけで、彼を「可哀想」だとは思いたくない。

ただ、陶子が彼にしてやりたかったことに思いを馳《は》せつつ、自分なりに彼のためにできることを見つけ続けるしかない。

そんなことをぼんやり考えていた有の耳に、じゅうじゅうと肉が焼ける音が聞こえてきた。一足遅れて、換気扇が吸い取り損ねた香ばしい匂いが漂ってくる。

(もうすぐ出来そうだな。仕上げてしまうか)

講義資料は、実際は虎目が使うものなので、間違いや不足があってはならない。就寝前、ひとりになってから、落ちついてすべてを見返すとしよう。

そう考えて、有は大急ぎで、これまで完成した部分の誤脱字チェックを始めた……。

「えっと、何て言うんだっけ……そう、めしあがれ！」

じゃーん、と自前の効果音をつけて、有の前に象牙《ぞうげ》色の大きな皿を置いたシリカは、誇らしげにそう言った。

「あ、ありがとう。……その、これが、天河先生の『例の』？」

「そう、中身は時々違ったけど、だいたいこんな感じ」

シリカは自分の皿を持ち、テーブルを挟んで有と向かい合い、自分の席に着く。

「これが」

もう一度繰り返して、有は半ば唖然《あぜん》とした顔つきで、目の前の盛大に湯気を立てている料理を見つめた。

それは、いわゆる「丼《どんぶり》もの」の類《たぐい》だった。

いつもはカレーやパスタを食べるときに使っている、浅い立ち上がりのある楕円《だえん》形の皿には、薄く平たく炊きたてのごはんが盛りつけられ、その上に、これでもかというほど、様々な「おかず」が載せられていた。

シリカは、自分の皿を嬉《うれ》しそうに見下ろす。

「これが、トーコの『れいの』だよ。どう？」

「どう、と言われても」

皿の上を凝視したまま、有は躊躇《ためら》いつつ口を開いた。

「真ん中に載っているこれは……チャーシュー？」

シリカは頷《うなず》いた。

「そう。トーコが使ってたのは、もっとスパイスの味がするやつだったけど、これはこれでおいしい。焼いたチャーシューと、焼いたハムと、焼いたソーセージと、目玉焼きと、焼いたトマトと、焼いたマッシュルームと、焼いたナスと、焼いたキャベツだよ」

「……つまり、全部焼いたんだな」

「うん。フライパンで」

「だろうね。これを、天河先生が」

「うん。食べたいもの全部載っけましょう！って言ってた。焼けた端からごはんの上に移して、フライパンの空いた場所に次のものを置けばいいのよって」

「なるほど。合理的だ」

海外に滞在中は、キッチン付きの部屋といっても、コンロの数や鍋の数が不足がちなこともあっただろう。

　そんなときに、このメニューならば、たとえすべてを炒《いた》めるのにそこそこ時間がかかったところで、熱々のご飯が保温プレートの役目を果たしてくれたに違いない。

「さ、食べよう！」

　シリカは嬉しそうにフォークを取り上げた。

　箸《はし》使いもずいぶん上手になったが、やはり、スプーンやフォークだけで食べられる献立のときは、気楽そうな顔つきをしている。

「では、ありがたくいただきます」

「めしあがれ！　で、いただきます！」

　二人は軽く目礼して挨拶《あいさつ》をすると、さっそく食事を始めた。

「なるほど、ごはんにソースがかけられているのか。この味付けは……うなぎのたれ？　いや、それよりもっと強い味だな」

「ヨシダソースだよ！」

「ヨシダソース？」

「これ！」

　すぐに席を立ったシリカは、思ったより大ぶりの、瓶を模した形の樹脂製の容器を持って戻ってきた。

「ああ、今日、君が買っていたものか」

「そう。これなら世界じゅうで売ってるから味がぶれないって、トーコが」

「ますます合理的だな」

感心して、有は小さく唸《うな》った。

容器に貼り付けられた赤いラベルには、「ヨシダ　グルメのたれ　オリジナル」と書かれている。

「なるほど、テリヤキ風の味か」

「うん。美味《おい》しいでしょ？　わたしは大好き」

「わかりやすい味だし、日本人が好きな味だ。上に載せた食べ物のどれにでも合う」

有は頷き、ソーセージとキャベツ、そしてソースがほどよくかかったごはんを一緒に口に入れてみた。

初めて食べる料理だが、とても懐かしく、親しみ深い味わいだ。

これを海外で食べれば、さぞ、郷愁の念が慰められるだろうし、胃腸もホッとすることだろう。

「食材も、どこの国でもそれなりに手に入れやすいものばかりだ。さすがだな、天河先生は」

「ふふ、トーコがほめられると、わたしもうれしい。なおも、このごはん、好き？」

「毎日だと血中コレステロールが心配になるが、たまのジャンクなご馳走《ちそう》にはいいな」

「好きってこと？」

「ああ。不思議なくらい美味しい。もう少し、野菜の比率が高いと、なお旨《うま》いと思う」

ストレートな賛辞に、シリカの美しい顔がパッと輝く。

「じゃあ、次はもっと野菜を……えっと、何だっけ、こないだテレビで言ってたやつ」

「うん？」

「そう、野菜マシマシで作る！」

「ふッ」

思わぬ日本語を使いこなすようになったシリカに、有は思わず噴き出した。

自分が躍起になって言葉を教えなくても、シリカはメディアからもりもりと自発的に知識を吸収しているようだ。

「ふ……ふふ」

その後も、珍しく笑顔が続く有に、シリカは不思議そうに首を傾げた。

「なお？　どうしたの？　そんなに美味しい？　じゃあ、次は、なおが食べたいときにいつでも言って。わたしが作ってあげる！」

そう言われて、有はどこか照れ臭そうに頷いた。

「次は、か」

「ん？」

「いや、君と『次』の約束をするというのも、何だか不思議なものだと思って。最初は、ほんの数日、身の振り方が決まるまでここで寝起きしてもらう程度のつもりでいたから」

「そうなの？　じゃあ、今、わたしがいるのは嬉しくない？」

有は、静かに首を横に振る。

「そんなことはない。『次』の約束が思いのほか嬉しくて、つい笑ってしまった」

「そっか。じゃあ、これからも、『次』の約束をたくさんしよう」

「そうだな。目先の『次』があれば、生きていくのが少し楽になる」

しみじみと頷く有の皿に、シリカはサッと手を伸ばそうとした。

「なお、目玉焼き、黄身をつぶすと、もっと嬉しい気持ちになるよ」

だが、有は、珍しいほどの素早さでフォークを持ったシリカの手を寸前で阻止する。

「待て。僕は、卵の黄身は最後に潰《つぶ》す主義なんだ」

「えー？チャーシューやごはんに黄身を混ぜるとおいしいよ？」

「そうだろうが、僕は最後に、黄身の部分だけをハムに載せて食べたい」

「ええー？」

そんな他愛ない言い合いをしながら食事をすることが、今の有には何より喜ばしい。

気に掛かることはいくつもあるが、今は、シリカの心づくしの食事を素直に楽しむことにして、有は「絶対に黄身は最後まで潰さない」と、彼にしては実に力強く宣言したのだった……。

本書は書き下ろしです。

この作品はフィクションです。実在の人物、団体等とは一切関係ありません。

モンスターと食《しよく》卓《たく》を 2

椹《ふし》野《の》道《みち》流《る》

令和 2 年 10月25日　初版発行
令和 6 年 11月25日　5 版発行

発行者●山下直久

発行●株式会社KADOKAWA
〒102-8177　東京都千代田区富士見2-13-3
電話　0570-002-301（ナビダイヤル）

角川文庫 22383

印刷所●株式会社KADOKAWA
製本所●株式会社KADOKAWA

表紙画●和田三造

ISBN 978-4-04-109193-7　C0193

角川文庫発刊に際して

角川源義

第二次世界大戦の敗北は、軍事力の敗北であった以上に、私たちの若い文化力の敗退であった。私たちの文化が戦争に対して如何に無力であり、単なるあだ花に過ぎなかったかを、私たちは身を以て体験し痛感した。西洋近代文化の摂取にとって、明治以後八十年の歳月は決して短かすぎたとは言えない。にもかかわらず、近代文化の伝統を確立し、自由な批判と柔軟な良識に富む文化層として自らを形成することに私たちは失敗して来た。そしてこれは、各層への文化の普及滲透を任務とする出版人の責任でもあった。

一九四五年以来、私たちは再び振出しに戻り、第一歩から踏み出すことを余儀なくされた。これは大きな不幸ではあるが、反面、これまでの混沌・未熟・歪曲の中にあった我が国の文化に秩序と確たる基礎を齎らすためには絶好の機会でもある。角川書店は、このような祖国の文化的危機にあたり、微力をも顧みず再建の礎石たるべき抱負と決意とをもって出発したが、ここに創立以来の念願を果すべく角川文庫を発刊する。これまで刊行されたあらゆる全集叢書文庫類の長所と短所とを検討し、古今東西の不朽の典籍を、良心的編集のもとに、廉価に、そして書架にふさわしい美本として、多くのひとびとに提供しようとする。しかし私たちは徒らに百科全書的な知識のジレッタントを作ることを目的とせず、あくまで祖国の文化に秩序と再建への道を示し、この文庫を角川書店の栄ある事業として、今後永久に継続発展せしめ、学芸と教養との殿堂として大成せんことを期したい。多くの読書子の愛情ある忠言と支持とによって、この希望と抱負とを完遂せしめられんことを願う。

一九四九年五月三日

ISBN 978-4-04-107321-6

妖魔と下僕の契約条件 1

椹野道流

絶望から始まる、君との新しい人生。

その日、足達正路《あだちまさみち》は世界で一番不幸だった。大学受験に失敗し二浪が確定。バイト先からは実質的にクビを宣告された。さらにひき逃げに遭い瀕死の重傷。しかし死を覚悟したとき、恐ろしいほど美形の男が現れて言った。「俺の下僕になれ」と。自分のために働き「餌」となれば生かしてやると。合意した正路は生還を果たすが、契約の相手で、人間として骨董店を営む「妖魔」の司野《しの》と暮らすことになり……。ドキドキ満載の傑作ファンタジー。

角川文庫のキャラクター文芸

ISBN 978-4-04-111055-3

妖魔と下僕の契約条件 2

椹野道流

心地よさを増す同居生活に波瀾の事件が!?

浪人生の正路《まさみち》は、不思議な美青年・司野《しの》に命を救われた。「俺の餌となれば生かしてやる」との謎めいた契約を受け入れ、正路は彼と同居することに。実は司野は力のある妖魔で、今は人間として骨董店を営む。店の商品には付《つく》喪《も》神《がみ》が宿っており、相性のいい客には幸運をもたらすという。料理上手で不愛想な司野との生活に、心地よさを覚え始めた正路だが、店の取材をしたいとライターの女性が訪れて……。傑作ファンタジー第2弾！

角川文庫のキャラクター文芸

ISBN 978-4-04-111066-9